KB261836

Hello
India

Hello India

글·그림·사진 강래우

에디터
editor

그 여자 때문에 여러 번 울고, 여러 번 상처 받았던 기억이 난다. 그
녀는 나보다 한 살 많은 연상의 여인이었다. 태어나서 처음으로 여자
에게 '사랑해' 라는 말을 뱉은 사람이 그녀였고, 그래서 그녀가 나의
첫사랑이었다.

스물하나, 모든 것에 서툴렀던 나이. 특히나 사랑이라는 것에는 여지
없이 초보자였던 우리는 셀 수 없이 서로를 힘들게 했고, 또 상처를
주었다.

그래도 우리는 깊이 사랑할 수밖에 없었다. 옆에 있으면 심장이 뛰었
고, 잠시라도 떨어져 있으면 보고 싶었고, 뺏길까봐 조마조마했고,
소유욕에 이곳저곳을 만져 보고 싶었다.

같이 있으면 입에 침이 마르고 미쳐 버릴 것 같았던 그 존재. '이러다
간 심장이 터지겠어. 우리 뭐라도 해야겠어!' 라며 찾아 들어간 싸구
려 여관방이었지만, 둘 다 너무나 무지했기에 아무것도 하지 못한 채
쑥스러운 밤을 보내야 했던 첫 경험의 기억.

가끔 푸르스름하게 시작되는 새벽녘의 공기를 맡으며 우리가 즐겨

듣던 팻 메스니 Pat Metheny의 〈James〉라는 곡을 들으면 꼭 그날 밤의 향기가 느껴진다. 새벽 냄새와 그 기타 선율이, 시간이 너무 흘러버려 저 깊은 뇌 속 단단히 묶여진 기억의 실타래를 풀어버리는 모양이다.

인생에 있어 첫사랑 같은 진한 기억은 하나여도 충분할 텐데 바람둥이처럼 나에겐 그런 기억의 존재가 또 하나 있다. 그것은 바로 인도라는 나라다. 아니 오히려 정도가 더 심해 생각하고 있으면 생활의 흐름이 멈추고, 가슴이 너무 뜨거워져 때론 불편을 느낄 정도다. 비가 오는 날에는 창문가에 앉아 인도의 거리를 생각하며 울고, 웃기를 수없이 반복한다. 장난감을 두고 와서 안절부절못하는 철없는 애처럼 몇 번이고 한국에 쌓여 있는 일거리를 팽개치고 짐을 싸고픈 충동을 느낀다.

주위 사람들한테 인도 다녀와서 '정신 나갔다' 라는 소리도 많이 듣는 것이 꼭 그 증세가 첫사랑의 열병을 닮았다. '말도 안 돼! 어떻게 나라와 사랑에 빠질 수 있어!' 하며 내 자신을 부정해 왔지만, 이제는 확실히 말할 수 있다. 그렇다. 나는 지금 3년이 넘도록 인도와 사랑에 빠졌다. 어디를 가든 인도에서의 기억은 나와 함께였고, 언제나 그 생각에 나의 가슴은 쉴 새 없이 뛰었다. 때론 그 미친 듯한 인도에의 집착이 내 생활을 마구 뒤엉켜 놓기도 했다.

그걸 증명하듯이, 책 마감을 눈앞에 두고 방에서 키우던 '멸치' 라는 이름의 열대어가 죽어버렸다. 오랫동안 먹이 주는 것을 깜빡했던 것이다. 1년 넘게 키우던 멸치가 죽어버리자 내 마음은 오랜 친구가 떠나버린 것처럼 허전했다.

문득 인도와 사랑에 빠졌다는 이기적인 이유로 내 주위에 소중한 것들에게 상처주고 소홀히 했다는 생각이 들었다. 그러나 이제 이렇게 책을 통해 단단히 묶어 놨으니 당분간 시도 때도 없이 나를 괴롭힐 일은 없을 것이다. 인도와 나의 사랑엔 이번 출판을 계기로 잠시 쉼표를 찍는 것이 서로에게 좋을 듯싶다.

부디 많은 사람에게 첫 경험같이 엉터리인 이 '초보 여행기' 가 즐겁게 읽혀지길 바라며, 오늘은 오전 내내 밀린 잠을 자고 오후에는 떠나 버린 나의 두 번째 사랑을 다시 찾아 가볼까 한다.

contents

Playing India

My India My Love

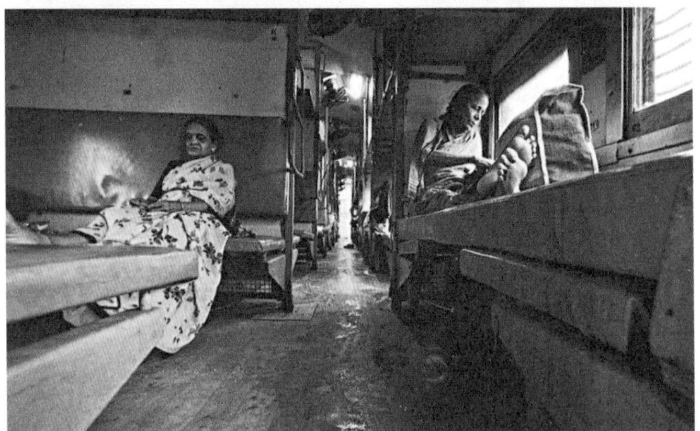

"travel is more than seeing of sight: it is a change that goes on,
deep and permanent, in the ideas of living." -Miriam Beard

바보는 방황하고 현명한 사람은
여행을 떠난다. - 토머스 풀러

Hello India

태어나서 처음 내 나라를 벗어난다는 것은
단순히 놀러가는 것 이외에도 부모로부터의 독립,
나의 정체성 찾기 등 수많은 의미들을 내포한다.
2004년 여름, 나는 내 인생의 첫 해외 여행지를
인도로 정했다. 그리고 그 처녀성을 바치기 위해
인도로 떠났다.

뭐 이런 나라가 다 있어?

2004년 여름, 내 인생 해외 첫 여행의 목적지를 인도로 정했다. 그리고 그 처녀성을 바치기 위해 인도로 떠났다. 누구에게나 하찮을지 몰라도 여행의 모티브가 있게 마련이다.

여행을 가기 전 많은 사람들이 나에게 물었다.

"왜 하필 인도야?"

나 역시도 자신에게 같은 질문을 던졌지만 만족할 만한 대답을 찾지 못했다. 딱히 믿는 종교가 없는 무신론자였기 때문에 굳이 신들의 성전을 찾아뵈어야 할 이유도 없었고, 영화 〈시티 오브 조이〉의 주인공처럼 '인생의 깨달음을 얻고자…' 라고 말할 만큼 정신적으로 깨어 있지도 않았다. 물론 자원봉사의 내용이 담긴 안내장과 사진기와 필름, 각종 음악 CD들이 내가 인도에 가서 하게 될 일이 무엇인지를 말해 주고 있었지만, 그것들 역시 내가 인도를 선택해야 하는 충분한 이유가 되지는 못했다.

간단히 말하자면, 내가 인도로 떠나는 데 그럴싸한 이유는 없었다. 그저 20대 후반에 접어들기 전 나의 '사랑스런 젊은 인생' 에 한바탕 축제를 벌여 보고 싶었다. 3년 동안 방위산업체를 통해 비논리적인 사회 구조를 경험하면서, 내 젊음의 시절이 이렇게 맥없이 지나가는 것이 싫었다. 내가 모르는 무언가가 존재하는 곳에서, 내가 살고 있는 땅보다 더 넓은 어딘가에서 그 축제를 벌여 보고 싶었다.

'손에서 나비가 나오는 수도승이 살고 있고, 전생을 볼 수도 있고, 코끼리도 탈 수 있는 나라.' 내가 읽어온 책에서 묘사된 인도는 그야말로 환상적인 나라였고, 그 축제의 무대가 되기에 전혀 손색이 없는 장소였다. 꼭 인도여야 하는 이유치고는 유치하리만치 1차원적이었지만, 난 그렇게 인도로 향했다.

막연한 기대와 알 수 없는 두근거림을 안고 한국을 떠난 지 12시간 만인 2004년 9월 31일 밤 11시, 인도 경제의 중심지인 뭄바이Mumbai 국제공항에 도착했다.

첫 해외여행인 만큼 첫 여행지에 대한 기대는 자못 컸다. 하지만 모든 것이 신기하고 새로울 것이란 환상은 공항을 빠져나오는 순간 여지없이 깨지고 말았다. 인도와의 첫 만남은 '충격과 공포' 그 자체였다. 코를 찌르다 못해 머리까지 띵한 악취, 숨쉬기조차 버거운 더위와 습도에 벌써부터 내 몸은 인도를 거부하기 시작했다.

'인도, 뭐 별거 있겠나?' 애써 대범한 척 큰소리를 쳐 본다. 자신없어 하는 내 자신을 추스르기 위해 몇 번인가 심호흡을 한 뒤 태연한 척 담배 한 개비를 꺼내 물었다. 그러나 모든 게 불안했다. 나를 보자마자 히죽히죽 웃으며 자신의 호텔로 오라는 선글라스 낀 인도인, 아무런 말없이 물끄러미 나를 쳐다보는 이마에 점찍은 택시 운전사, 큰 총을 메고 터번을 두른 군인, 길바닥에 자고 있는 거지들과 개들…. 깜깜한 밤에 보이는 것은 그들의 허연 수많은 눈들뿐.

무서웠다. 나름대로는 겁이 없다고 생각했지만 담배 한 개비를 다 피울 새도 없이 다시 공항으로 도망치듯 들어왔다. 겁먹은 토끼마냥 공항 밖을 벗어나지 못하는 내가 바보 같았다.

'인도, 뭐 별거 있겠어?' 애써 태연한 척 몇 번인가 심호흡을
하고는 공항 밖으로 나가 담배 한 개비를 물었다.

'그래 일단 쉬운 것부터 차근차근 해보는 거야.'

나는 제일 먼저 국제전화 부스를 찾았다.

"내 나라에 국제 전화를 하고 싶은데요."

"이 전화기를 사용하면 돼."

전화기를 지키고 있던 인도인은 귀찮다는 듯 쳐다보지도 않고 무뚝뚝하게 대답했다. 국제전화가 처음이라 어떻게 거는지 모른다고 하자 그때서야 고개를 돌려 나를 위아래로 훑어봤다. 초보 여행자인지를 살피는 눈치였다. 그러더니 직접 전화를 걸어 주겠다며 전화번호적을 메모지를 넘겨주었다.

나는 전화비가 비쌀 거라는 생각에 부모님께 잘 도착했다는 얘기만 짤막하게 전하고 전화를 끊었다. 녀석은 통화 요금으로 80루피(약 2천원)를 요구했다. 20초 남짓 통화에 2천 원이면 좀 비싸다고 생각했지만, 이곳 물정을 모르는지라 지갑을 열어 돈을 건네주었다. 그러자 옆에 있던 인도인이 히죽 웃었다. 그때는 그것이 뭘 의미하는지 몰랐다. 몇 십 분쯤 지난 후에야 그것이 터무니없는 요금임을 깨달았다(참고로 인도에서 한국으로의 국제전화는 1분에 15루피 정도).

그렇다고 다시 찾아가 따질 용기도 없거니와 공항에서부터 사기를 당하니 주위의 모든 인도인이 사기꾼으로 보였다. 일단 이곳을 벗어나 안전한 호텔에서 문 걸어 잠그고 자야겠다는 생각이 들었다. 가이드북을 열어 어떻게 하면 가장 안전하게 호텔로 갈 수 있을지를 찾기 시작했다.

―국가에서 운영하고 있는 선불택시는 요금이 비싼 대신 안전
하게 목적지로 갈 수 있다는 장점이…―

'그래. 돈이 더 들더라도 선불택시를 타자.'

나는 선불택시(pre-paid) 부스에 가서 돈을 내고 영수증을 받아 공항
밖 택시 주차장으로 걸어 나왔다. 새벽 두 시, 칠흑 같은 밤과 공해에
찌든 매캐한 공기, 숨 막히는 아열대 더위. 그런 불쾌하고 익숙하지
못한 상황 속에서 나는 빠른 속도로 초조해지기 시작했다. 내 머릿속
엔 얼른 택시를 타고 호텔로 이동해 쉬고 싶다는 생각뿐이었다. 그러
나 내가 타야할 택시를 찾는 건 불가능해 보였다. 영수증에 적힌 택
시 넘버는 휘갈겨 써서 도지히 알아볼 수 없었고, 조명이라곤 몇 개
없는 컴컴한 주차장에서 200대는 족히 되어 보이는 택시를 일일이
대조하다간 날이 샐 노릇이었다.

그때였다. 열 살쯤 되어 보이는 예쁘장하게 생긴 남자아이가 다가왔다.

"선생님! 영수증을 보여 주세요. 제가 택시를 찾아 드릴게요."

녀석은 내가 뭐라고 할 새도 없이 영수증을 툭 가로채더니 내 택시
있는 곳으로 안내해 주었다. 택시에 짐을 싣고 좌석에 등을 기대자
안도의 한숨 나왔다. 초조했던 마음이 조금 진정되자 '녀석한테 팁이
라도 줬어야 했나?' 하는 생각이 들었다. 그런데 그 순간, 뭔가 잘못
됐다는 불길한 예감이 스쳐 지나갔다. 선불택시의 영수증은 목적지
에 도착한 후 주는 것이라는 가이드북의 글귀가 머리 떠올랐다.

'아차 내 영수증!' 녀석은 이미 어디론가 사라지고 없었다. 대신 다른

내가 탈 택시를 찾는 건 불가능해 보였다.
영수증에 적힌 택시 넘버는 휘갈겨 써서 알아볼 수 없었고,
조명이라곤 몇 개 없는 주차장에서 200대가 넘는 택시를
일일이 대조할 수도 없는 노릇이었다.

인도 소년들이 택시 쪽으로 삼삼오오 몰려들기 시작했다.

"제페니. 마니 마니! 나 배고파"

아이들은 날 일본인으로 생각했는지 돈을 달라며 택시를 에워싸기 시작했고, 몇 초 되지도 않아 수십 명의 꼬마 거지들에게 완전 포위를 당했다. '어린 애들인데 뭘…' 애써 녀석들을 무시하며 차에서 내리려 했지만, 그들은 문을 굳게 가로 막았다. 아이들의 눈빛은 장난이 아니었다. 돈을 주기 전에는 절대 길을 안 내주겠다는 의지가 느껴졌다. 십 분쯤 실랑이를 벌였을까? 잘 안되겠다 싶었는지 한 꼬마 녀석이 시커멓고 덩치 큰 인도인 한 명을 데려 왔다. 풍채로 보아 걸인들 무리에서 주먹질 좀 하는 녀석이 분명했다.

그는 택시 안의 나를 위아래로 훑어보았다. 전화 부스에서 일하던 인도인처럼 초보 여행자인지 아닌지 살피는 눈치였다. 공포에 떨고 있는 나를 보고 그는 오랜만에 먹잇감을 만난 늑대처럼 곧장 택시 옆자리를 차지했다.

"이봐! 좋은 말로 할 때 돈 내놔."

"내가 왜 당신에게 돈을 줘야 하죠?"

"너는 돈 많은 나라에서 왔고, 우리는 가난하잖아."

"나는 부자 여행자가 아닙니다."

"지갑을 보여줘. 얼마나 있나 확인해 보자."

더 이상 얘기해 봐야 통할 것 같지 않았다. 나는 '무시 작전'으로 나갔다. 다른 데로 눈길을 돌리고 계속 딴청을 부리자, 급기야 'money, money'를 외치며 툭툭 치기 시작했다. 이쯤 되니 나도 화가 나기 시작했다.

택시 타고 호텔 한 번 가기가 이렇게 힘들단 말인가? 이놈의 나라는 얼마나 엉망진창이길래 도착 몇 시간 되지도 않아 이 난리란 말인가?

게다가 내가 탄 택시는 국가에서 운영하는 택시 회사 아닌가? 내가 왜 여행 오자마자 이런 꼴을 당해야 하지?

얼마를 원하는지 모르지만 까짓 거 몇 달러 면상에 던져주고 '아들 손손 대대 손손 거지나 해라, 이 자식아!' 라고 외치고 싶었다.

"나, 이 택시 안 타. 영수증 돌려줘!"

"돈 내. 그럼 영수증을 돌려줄게."

"좋아. 영수증 안 줘도 돼. 대신 당신들과 당신들 택시 회사를 경찰에 고발하겠어!"

화가 머리끝까지 난 나는 단호하게 말하고, 택시 문을 확 열어 문을 지키고 있던 아이들을 밀쳐냈다. 그리곤 경찰 찾는 시늉을 하자 그때서야 거래가 성사되지 않는다는 걸 눈치 챈 택시 운전사가 멀찌감치 떨어져 있다가 택시로 다가왔다.

'뭐야. 택시 운전사와 이 녀석들이 한패였단 말이야?'

나는 무척이나 흥분된 상태인데, 그 녀석은 으레 있는 신고식인데 뭘 그렇게 화를 내냐는 듯 느긋하게 휘파람까지 불며 택시에 올라타 시동을 걸었다. 분명 어처구니없는 일이었는데 내가 속 좁고 소심한 녀석이 된 기분이었다.

"어디서 왔습니까?"

"코리아요."

"오, 코리아!"

"코리아에 대해서 알아요?"

"No! 그런데 당신을 보니 코리아는 가난한 나라인가 본데, 하하!"

뭐 이런 무례한 놈이 다 있나 싶었지만 나도 실실 웃기 시작했다. 그 냥 이런 게 인도인가 보다 생각했다.

그렇게 뭄바이의 밤거리를 1시간가량 달리고서야 가이드북에서 추 천한 쿨라바Colaba 지역의 City Palace라는 작은 호텔에 도착했다.

"호텔까지 데려다 줬으니 팁으로 20루피를 더 내."

"뭐라고?"

"아~ 맞다! 당신 돈 없지? 당신은 불쌍한 코리언이니까! 하하!"

인도에 도착한 지 얼마 안 됐지만 인도인들의 무례함에 적응되었는 지 별로 기분 나쁘지도 않았다. 벌써 새벽 3시, 그저 호텔에 들어가 쉬고 싶을 뿐이었다.

짐을 내려 호텔로 향하는데 운전수 녀석은 그래도 미련이 남았는지 불쌍한 표정을 지으며 동전 있으면 좀 달라고 했다. 돈 없는 코리언 이라고 조롱할 땐 언제고, 지금 와서 이 태도는 뭐란 말인가? 또 실랑 이하기 싫어서 손에 잡힌 1루피짜리 동전 하나를 쥐어 주자 똥 씹은 표정으로 나를 쳐다봤다.

현지물가를 전혀 모르는 나는 무슨 동전이 얼마만큼의 가치가 있는 지 몰랐다. 나중에 알았지만 1루피는 우리나라 돈으로 약 25원이고, 거지들한테도 잘 안 주는 돈이었다.

"됐어. 그냥 가!" 운전수는 어이없다는 표정으로 택시에 올랐다. 택시가 막 출발하려는 순간, 나는 'Stop!'을 외쳤다. 내릴 때 흘린 동전을 보았기 때문이다. 택시를 새워 흘린 동전을 줍고 보니 1루피였다. 그쯤 되니 운전수는 뭐 이런 녀석이 다 있냐는 경멸의 눈빛으로 날 쳐다봤다. 솔직히 그때는 한 푼이라도 아끼겠다는 생각에 동전을 주운 건 아니다. 단지 어느 게 큰돈이고 어느 게 작은 돈인지 몰랐을 뿐이다.

"Goodbye, Poor Korean!"

녀석은 뿌연 매연을 뒤로 하고 유유히 내 시야에서 사라졌다. 나는 바쁘게 짐을 메고 호텔로 올라갔다. 그런데 또 한 번의 실랑이가 날 기다리고 있었다. 분명 가이드북에는 하루 방값이 500루피라고 적혀 있었는데 800루피를 요구했다. 500루피도 비싸다고 생각했는데 거의 두 배를 내라고 하니 황당할 수밖에. 깎아 달라고 다 늦은 새벽에 애교까지 떨어 보았지만 불친절한 건 지금까지 만난 인도인들과 다를 바 없었다. 하는 수 없이 나는 이곳에서 하루를 묵기로 했다. 그렇다고 이 늦은 새벽에 다른 호텔을 구하러 돌아다닐 수도 없는 노릇 아닌가?

가장 작은 방에 짐을 내려놓고 모든 문을 자물쇠와 체인으로 걸어 잠그고 나니 조금 맘이 놓였다. 침대에 몸을 뉘이니 그런대로 놀란 가슴이 진정되었다. 몇 시간 전의 일들을 곰곰이 생각하니 불쾌하고 짜증스러운 기분이 들었다. 인도에 오자마자 당한 일이 사기와 택시 감금이라니… 아무도 모르는 타지에서 환영받을 거란 생각은 안 했지만, 이건 해도 너무했다.

인도 첫인상은 정말 개판 오 분전이었다. 앞으로 이 나라를 어떻게 여행할지 생각하니 한숨이 절로 나왔다. 도착하자마자 집이 그리워질 줄이야. 집 나가면 고생이라는 말은 틀린 말이 아니었다. 불을 끄고 잠을 청하려 해도 잠이 오지 않았다. '그냥 집으로 돌아갈까, 내일은 상상하던 멋진 인도의 모습을 볼 수 있으려나?' 많은 생각이 머리를 오갔다. 예상과 다르게 뒤숭숭하게 시작하는 인도에서의 첫날밤이었다.

ROOF TO
RS

그렇게 나의 인도에서의 생활이 시작되었다.

라주와의 만남

'까악까악'

까마귀 소리에 눈을 떴다. 세 시간쯤 잤을까? 시계를 보니 채 7시가 안 되었다. 깊은 잠을 청하긴 틀린 거 같아 주섬주섬 옷을 입고 호텔 밖으로 나왔다. 한시라도 빨리 인도의 아침이 보고 싶었다. 호텔 밖을 나가자 문을 지키던 인도인이 나를 반기며 노래 부르기 시작했다.

"오! 그대의 여행에 신의 은총이 있으리라."

따뜻한 아침 햇살과 처음 듣는 인도 노래, 전날의 불쾌함과는 다르게 기분 좋게 시작하는 아침이었다.

나는 호텔을 조금 벗어나 인도의 아침과 첫 만남을 가졌다. 알록달록한 건물들, 바쁘게 오가는 회사원들, 수많은 자동차들과 매연, 도르래를 이용해 길을 지나가는 장애인들, 오물과 쓰레기더미 속에서 잠자고 있는 걸인들, 길 한복판에 뉘어진 노파의 하얀 시체와 그걸 구경하는 사람들… 정말 뭐라 말로 표현할 수 없는 광경이었다. 두 눈을 어디다 둬야할지 모를 만큼 충격적이었다.

Hello India
40 | 41

information

뭄바이는 인도에서 델리 다음으로 큰 도시이자 경제의 최고 사령탑 격이다. 인구 1400만 명에 인도 100대 기업 가운데 52개의 본부가 이곳에 자리를 잡고 있다. 또한 인도 주식거래의 70%를 점유할 만큼 인도 경제에 가장 큰 활력을 불어 넣고 있다.

그와 동시에 이곳에는 아시아 최악의 슬럼가가 공존하고 있다. 인구의 60% 이상이 집 없이 거리를 떠돌고, 많은 아이들이 길에서 태어나 길에서 죽는다. 또한 물밀듯이 밀려오는 서양문화와 보수적인 인도의 문화가 대책 없이 뒤섞여 기묘한 풍경을 만들어낸다. 거리는 고급 벤츠 승용차 옆으로 아무데나 대변을 갈겨대는 소들로 아수라장이 펼쳐진다. 그래서인지 뭄바이는 정신없다는 표현보다는 에너지가 넘친다는 표현이 더 어울리는, 그런 도시다.

나는 낯선 도시에서 길을 잃을까봐 내가 기억할 수 있을 만큼의 거리를 걸으며 이곳저곳 구경을 했다. 그렇게 1시간쯤 걷자 배가 고파오기 시작했다. 생각해 보니 너무 긴장해서인지 하루를 꼬박 굶었던 거 같다. 뭔가 좀 먹어야겠다는 생각에 식당 앞을 어슬렁거렸다.

솔직히 난 입이 짧다. 조금만 입에 맞지 않으면 음식을 먹지 않고, 먹는 양도 그다지 많지 않다. 어려서부터 편식한다는 소리도 많이 듣고 자랐다. 자랑은 아니지만 미각도 꽤 발달한 편이라 집에서 처음 만드는 반찬이나 약간 맛 간 음식을 품평하는 데 곧잘 나를 동원하곤 했다. 한 번은 아무래도 곰국 맛이 이상한 것 같아 먹지 말자고 했지만, 다른 식구들이 다 괜찮다고 해서 할 수 없이 먹게 됐다. 역시나 1시간

후 나의 판단이 옳았음이 입증되었다. 내가 제일 먼저 구토와 설사를 시작했고, 그 다음엔 형, 아버지 순서로 옮겨갔다.

그런 까탈스러운 입을 가진 나에게 인도에서 먹을 수 있는 음식은 정말 '아무것' 도 없었다. 먹기는커녕 아예 식당 근처에도 못 갔다. 길거리와 식당에서 풍기는 역한 냄새 때문에 온종일 헛구역질을 했다. 그뿐인가? 손으로 아무렇게나 음식을 집고(인도 사람들은 손으로 뒤를 닦는다 하지 않았나), 식탁 닦던 걸레로 쟁반을 닦는 모습을 보자 그나마 있던 입맛도 뚝 떨어졌다. 먹을 만한 것을 찾아 거리를 헤맨 끝에 겨우 바나나 두 송이를 살 수 있었다.

대충 허기를 채우고 다음 행선지 고아Goa 행 기차표를 예매한 후 다시 호텔로 돌아오니 벌써 체크 아웃시간이 다 되었다. 나는 짐을 꾸려 호텔을 나섰다. 기차 출발 시간은 밤 11시, 아직 10시간 넘게 남았다. 이 짐들을 들고 하루 종일 다닐 수 있을까 걱정되긴 했지만, 여행 초니까 돈을 아껴한다는 생각에 몸으로 때우기로 결심했다.

'어제는 전화를 걸어 봤으니, 오늘은 인터넷을 한 번 써볼까?
호텔을 나온 나는 전날과 마찬가지로 쉬운 것부터 차근차근 해보기로 했다. 가이드북에 나온 지도를 보면서 인터넷 카페를 찾기 시작했다. 두 시간쯤 지난 뒤 지도를 보며 길 찾는 건 불가능하다는 결론을 내렸다. 원래 길치이기도 하지만 뭄바이의 좁은 골목은 마치 미로 같았다. 게다가 길을 묻는 인도인은 제각각 다른 방향으로 길을 알려주니 골치 아픈 상황이었다.

'인터넷 한 번 쓰기가 이렇게 힘들단 말인가?'

8킬로그램쯤 되는 짐을 메고 2시간가량 걸었다. 몸이 녹초가 되었다. 감당하기 힘들 만큼 높은 온도와 습도, 불쾌하기 짝이 없는 공해. 난생 처음 경험하는 아열대 기후에 내 몸은 엄청난 양의 땀을 쏟아내고 있었다. 더 이상 안 되겠다 싶어 주위를 둘러보다 낯익은 맥도날드 간판을 찾아냈다. 사막에서 오아시스를 만난 느낌이 이런 걸까? 나는 에어컨 팡팡 나오는 매장에서 콜라 하나를 시켜 놓고 남은 9시간을 어떻게 버텨야 하나 고민하고 있었다.

그때였다. 점잖게 생긴 인도인이 다가와 말을 걸었다.

"어디서 오셨나요?"

"코리아에서 왔어요."

"오! 코리아!"

"코리아를 아세요?"

"안녕하세요!(한국말로)"

나는 깜짝 놀랐다. 한국말 하는 인도인은 처음이었으니 당연한 건지도 모르겠다. 그리고 그 인도인은 자신이 어떤 사람인지를 알리고 싶은지 안주머니에서 조그만 수첩 하나를 꺼내 내 앞에 내밀었다. 그곳에는 수많은 외국인들의 주소와 전화번호, 이메일 주소, 그리고 어떤 메시지들이 담겨 있었다. 그 가운데에는 한글도 종종 보였다.

—라주 씨 만나서 정말 뭄바이 관광 잘했어요. 너무 고마워요. 라주 씨 정말 좋은 사람이에요. 라주 씨 안 만났으면 정말 어

땠을지… 정말 이 은혜를 어떻게 갚아야 할지 모르겠네요.—

이 뽀글 머리 아저씨의 이름이 라주인가 보다. 라주는 수첩을 보여주며 자신의 취미가 외국인들 만나 무료로 뭄바이 관광을 시켜주는 것이라고 말했다. 그리고 내가 원한다면 뭄바이 관광을 시켜주겠다며 조심스레 말을 건넸다.

안 그래도 뭄바이를 어떻게 관광해야 하나 고민했는데 잘됐다 싶어 흔쾌히 승낙을 했다. 혹시 사기꾼이 아닐까 하는 생각도 잠시 했지만, 짐도 내 등에 있고 예닐곱 시간 같이 다닌다고 별일 있겠나 하는 생각에 문제 삼지 않았다. 그렇게 라주와 나는 맥도날드를 나와 함께 뭄바이 구석구석을 돌아다녔다.

"짐을 지하철 로커에 맡기지 그래."

땀을 쏟아내며 무거운 짐을 계속 메고 다니는 내가 안쓰러웠는지 라주가 로커를 권했다.

"No problem, No problem"

그는 로커가 안전하다고 거듭 강조했지만, 나는 고개를 설레설레 저었다. 내가 읽은 여러 권의 인도 여행기에는 별의별 사고가 다 있었

다. 인도에서는 아무도 믿어선 안 되며, 경찰도 사기를 치는 나라였
다. 호텔이나 공항에서도 쉽게 도난당한다는 이야기를 여러 번 접한
판국에 내 어찌 하찮은 지하철 로커를 믿으란 말인가. 게다가 잠깐
본 그 지하철 로커는 형편없이 허약해 보였다.

'믿을 건 내 몸 하나' 라며 씩씩하게 짐을 가지고 다니려고 노력했지
만, 그 정신력은 점점 옅어지기 시작했다. 그렇게 4시간쯤 뭄바이를
관광하자 어깨에 마비가 와서 도저히 걸어 다닐 수 없었다. 결국 나
는 배가 고프다는 핑계로 식당에 가자고 제안했다.

"비싸도 좋으니 역하지 않은 음식을 먹고 싶어요."

나의 부탁에 라주가 데려간 곳은 한 끼에 500루피가 넘는 일본식 고
급 식당이었다. 너무 비싸서 그냥 돌아 나올까도 생각했지만 꼬박 이
틀을 굶은 탓인지 발이 쉽게 떨어지지 않았다. 게다가 나를 위해 고
생한 라주에게 맛있는 밥 한 끼를 꼭 대접하고 싶었다. 둘이 합쳐
1000루피나 쓸 거였으면 차라리 호텔에 짐을 두고 편하게 여행할 걸
그랬나 하는 생각도 들었지만, 비싼 만큼 맛도 괜찮았고 그리 역하지
않아 나름대로 배를 채울 수 있었다.

—래우는 정말 멋진 소년입니다. 당신을 만나 무척 즐거웠고, 첫 인도
여행에 행운이 가득하길 바랍니다.—

라주는 기분이 좋은지 정성껏 나의 노트에 간략하지만 편지를 써 주
었다. 더운 날씨와 무거운 짐 탓에 무척 힘든 하루였지만 마음만은

배부른 만찬이었다.

인도는 여행기에 나와 있는 것처럼 무섭고 여행하기 힘든 나라가 아닐지 모른다는 생각을 했다. 어딜 가나 이처럼 좋은 사람들은 많고 그들과 잘 어울리면 좋은 여행을 할 수 있을 것 같았다.

식당을 나와 라주와 나는 작별 인사를 했다. 짧은 만남이었지만 은근 아쉬운 이별이었다. 아름답기로 소문난 고아Goa의 해변에서도 이렇게 아름다운 사람을 만났으면 하는 생각을 가지고 기차역으로 발걸음을 옮겼다.

잠든 인디아

인도하면 떠오르는 것 중 하나가 바로 더위다.

3월부터 오르기 시작하는 더위는 6월 즈음에 이르러선 섭씨 45도를 웃돈다.

2007년 8월말, 델리를 떠나던 날 기온이 섭씨 45도였다.

그 당시 한국도 폭염으로 시달렸다고 했지만, 한국 도착 후 인천공항을 나왔을

때 느낌은 그야말로 '오 필승 코리아'였다.

'섭씨 45도가 어떤 느낌이야?' 라고 주위 사람들이 자주 묻지만 언제나 나의

대답은 같다. '도저히 말로 표현할 수가 없어.' 그런 더위일수록 자주 볼 수 있는

광경은 길거리에 누워 자는 사람들 그리고 멍멍이들.

더위를 잊기 위해서일까? 인도 사람들은 한낮이 되면 모두 그늘을 찾아들어가

깊은 잠에 빠진다. 도대체 무슨 꿈을 꾸고 있을까? 적어도 꿈속에서만은 시원한

바닷바람을 쐬며 얼음 빙수를 마시는 건 아닐까?

take a siesta…

MUMBAI MIRROR
CUT FOR YOU

7:30
BANDRA
STOPS AT ALL STNS.

story 3
Don't worry. You're my son

어젯밤, 고아Goa 행 기차는 무려 3시간이나 늦게 출발했다. 인도의 기차가 툭하면 몇 시간씩 늦는다는 것은 익히 들어 알고 있었고, 어느 정도는 각오했지만 한국에서 1분 1초를 아끼는 나에게 3시간이란 정말 고통스러우리만큼 지겨운 시간이었다.

기차 이동 시간도 그렇다. 지금 고아 행 기차를 10시간 넘게 타고 있다. 5시간 정도는 음악도 듣고 책도 읽고 일기도 쓰고 그럭저럭 보낼 수 있었지만, 10시간이 넘어가자 정말 견디기 힘들었다. 나중엔 이 기차가 도착은 하는 것인지 의심스러울 정도였다.

이 기차 안에서 지겨움과 따분함을 느끼는 건 나뿐일까? 신기하게도 다른 인도인들의 눈빛에선 전혀 지루함을 찾아볼 수 없었다. 그들의 눈빛은 그저 시간은 물 흐르듯 흘러가는 것에 불과하다는 듯 고요했다. 억지로 잡으려 하지도 않고 억지로 거스르려고 하지도 않는 듯 했다. 내 옆에 앉아 있는 인도인 라

즈쿠마 역시 그런 듯, 멍하니 차창 밖을 내다보다가 어느 순간 곤히
잠에 빠져들었다.

라즈쿠마. 그와 만난 건 어제 아침 기차역에서였다. 혼잡하기 짝이
없는 기차역에서 표를 예매하려고 어슬렁거리는데, 기차가 매진되었
다는 둥, 버스가 기차보다 빠르다는 둥 끈질기게 버스표를 사라고 달
라붙는 인도인이 있었다. 경험이 없는 나에겐 정말 떼어놓기 힘든 녀
석이어서 어찌해야 하나 고민하던 참에 라즈쿠마를 만났다.
그는 마침 같은 방향이라며 기차표 예매를 도와주었고, 찰거머리처
럼 따라붙던 녀석도 따돌려 주었다. 그렇게 라즈쿠마는 내 맘을 쉽게

가져가 버렸다. 그리고 저녁, 기차역에서 다시 만나 연착 3시간 동안 이런저런 이야기를 나누며 친해질 수 있었다.

라즈쿠마는 IT회사에서 일을 하는데, 오랜만에 휴가를 받아 인도 전역을 돌며 여행 중이라고 했다. 그는 자신의 가족이야기를 즐겨 했다. 나만한 아들이 있고, 하는 행동이 나를 많이 닮았다며 곧잘 나를 'my son' 이라 불렀다. 내가 뭔가 실수하고 당황할 때면 이렇게 말하며 도와주곤 했다.

"Don' t worry. You' re my son."

재미있는 사람이었다. 여행을 시작한 지 이틀밖에 안 되었지만 괜찮은 사람들을 만나서 다행이라고 생각했다. 어제 뭄바이 관광을 도와

준 라주도 라즈쿠마도. 세상 어디나 좋은 사람을 찾는 건 의외로 쉬울지도 모른다는 생각에 앞으로의 여행이 자못 기대되었다.

기차는 무려 16시간을 달려 오전이면 도착한다던 고아에 오후 2시를 훌쩍 넘기고서야 도착했다. 뭄바이에서 하루, 고아에서 하루, 그리고 자원봉사 캠프로 가려고 했던 애초 계획은 정말 잘못 짰다는 생각이 들었다. 연착 등도 고려해 넉넉히 잡았어야 했다. 뭄바이에서 머문 것이 겨우 한나절. 그리고 고아에서 오늘 반나절을 보내고 내일 자원봉사 캠프로 또다시 이동을 해야 하다니.

물론 고아와 뭄바이는 자원봉사지로 가기 위해 들르는 경유지에 불과했지만, 이틀 동안 제대로 먹지도 못하고 자지도 못해 쓰러지기 직전인 내 상태를 보니 내일 또 이동할 수 있을지 걱정이 되었다.

라즈쿠마와 나는 역에서 내려 호텔을 찾아 같이 이동했다. 그가 먼저 같은 호텔에서 묵자고 했고, 나 역시 그와 같이 머물면 덜 위험하고, 사기도 당하지 않을 것 같아 흔쾌히 그러자고 했다.

현지인인 라즈쿠마와 같이 다니니 가격 흥정도 필요 없고, 끈질기게 따라붙는 걸인이나 상인도 없어 좋았다. 처음 인도를 여행하면 귀찮게 따라붙는 인도인들 때문에 정신적, 육체적 소모가 크다고 한다. 가뜩이나 몸이 지친 나에겐 여간 고마운 일이 아니었다. 나는 고마움의 표시로 릭샤나 택시비를 지불하겠다고 했지만, 그는 언제나 더치페이를 고집했다.

"아들 같은 녀석에게 신세를 져서는 안 되지. 학생인 네가 큰돈을 가지고 있지 않다는 걸 아는데 돈을 지불하라고 할 수는 없어."

정말 신사적이고 삼촌처럼 다정한 사람이었다.

그렇게 얼마 돌아다니지 않고 역시나 좋은 가격에 좋은 호텔을 구할 수 있었다. 나는 호텔에 도착하자마자 너무 피곤해서 쉬고 싶다는 말을 라즈쿠마에게 전하고는 침대에 쓰러졌다. 불편한 2등석 침대 때문에 밤잠을 설친 탓인지 아니면 너무 힘든 기차 여정 탓인지 배고픈 것도 잊고 스르르 잠이 들고 말았다.

3시간쯤 잤을까? 누군가 내 방문을 두드리며 나를 불렀다. 라즈쿠마였다. 해질녘이니 석양을 보러 해변으로 가자고 했다. 생각해 보니 내일이면 고아를 출발해 다른 곳으로 떠나야 하지 않는가. 가이드북이나 여행기를 보면 고아의 석양이 그렇게 멋지다던데. 몸이 힘들다고 자고 있을 새가 없었다.

우리는 오토바이를 빌려 타고 해변으로 달렸다. 고아의 시원한 바닷바람을 가르며 탁 트인 해변을 달리니 지치고 힘들었던 몸이 씻은 듯 날아가는 느낌이었다. 여행의 기쁨이 이런 것이구나 싶었다.

다행히 제 시간에 맞춰 도착했다. 라즈쿠마와 나는 모래사장에 앉아서 말없이 떨어지는 해를 바라보았다. 끝없이 이어진 모래해변과 마치 입체영상을 보는 듯 층층이 쌓인 구름. 황금색, 자주색, 빨간색… 오만가지 색의 하늘. 역시 명성은 그냥 있는 게 아니구나 싶을 만큼 멋진 석양이었다.

해가 바다 밑으로 빨려 들어갈수록 하늘은 더욱더 장엄한 영상을 만들어냈다.

"이봐, Leo! 저기 저 구름 사이를 봐! 가운데 앉아 있는 사람 보여?"

"오~ 보여요. 정말 사람처럼 보이는데요!"

"저건 사람이 아냐. 힌두교에는 여러 신이 있는데 저 분이 바로 내가 믿는 신이야. 오늘 너와 나의 우정을 축복해 주려 모습을 드러내신 거지."

그는 잠시 눈을 감고 기도했다. 신에게 이렇게 의지하는 인도인들을 보면 바보 같기도 하고, 신기하기도 하고, 때론 나한테는 그런 간절한 대상이 왜 없을까 하는 의문이 들기도 한다. 그의 기도가 너무나 진지해서인지 정말 석양을 받아 붉게 물든 구름이 사람의 영상, 혹은 그가 말했던 힌두교의 신처럼 보였다.

시간이 지날수록 해는 점점 더 바다 밑으로 빨려 들어갔고, 사람처럼 생긴 구름 역시 다양한 형태로 변해가더니 결국 사라지고 말았다. 주위는 순식간에 어둠 속으로 빠져들기 시작했다.

인도에서는 전기를 아껴 쓰는 탓에 해가 떨어지면 이내 암흑천지로 변한다. 우리는 호텔로 돌아가기 위해 택시를 찾았다. 아무도 없는 암흑의 해변을 걷자 갑자기 겁이 덜컥 났다. 라즈쿠마가 좋은 사람이라고 생각하지만 아직까지 그에 대해 아는 게 별로 없지 않은가.

'혹시 나를 길거리에 내동댕이치고 카메라와 돈을 훔쳐 가면 어떻게 하나. 인도의 고아에서는 그런 폭력 강도가 꽤 빈번하게 일어난다고들 하잖은가?'

그런 생각을 떠올리자 갑자기 할 말이 없어지고 분위기는 어색해졌다. 내가 겁먹었다는 걸 눈치 챘는지 라즈쿠마가 웃으며 넌지시 말을 걸었다.

"너무 컴컴해서 아무것도 볼 수가 없네. 무섭지?"

"솔직히 말하면 그래요. 이렇게 껌껌한 밤길을 걸어 본 적이 없어서…"

"하하! 그럴 줄 알았어. Don't worry! Don't worry! You're my son. 인도에서 혼자 밤거리를 걷는 건 무척이나 위험한 일이지. 그러나 나랑 같이 있으니 걱정하지 않아도 돼. 그런데 나중에라도 밤거리를 혼자 나가지는 말아라. 언제 어디서 누가 널 덮칠지 모르니까."

라즈쿠마의 몇 마디 덕에 분위기는 다시 원상 복귀되었다. 또한 가이드북에 위험하다고 적혀 있는 고아의 밤거리를 이렇게 웃으며 걸을 수 있는 내가 행운아라고 생각했다. 라즈쿠마를 만난 것은 정말 행운이었다.

우리는 호텔 근처 시장에서 택시를 내렸다. 저녁에 먹을 치킨요리와 야채볶음밥, 그리고 라시(인도식 야쿠르트) 몇 병을 샀다. 그런데 문득 어제 기차에서 라즈쿠마가 오늘이 자신의 48번째 생일이라고 했던 말이 떠올라 라즈쿠마에게 생일 케이크를 사자고 제안했다. 우리 둘은 빵집에 들러 먹음직스러워 보이는 초콜릿 케이크 하나를 주문했다. 그는 그것마저 더치페이를 하자고 했으나 나는 절대 그럴 수 없다며 내가 낼 것을 고집했다. 10분 가까이 실랑이를 벌인 끝에 '네가 정 원한다면야~' 하는 표정을 지으며 돈 내는 걸 포기했다. 많은 도움을 받은 나로선 솔직히 생일 케이크 정도는 내 돈으로 사주고 싶었다.

우리는 케이크를 사들고 호텔로 올라가 그의 48번째 생일을 축하였다. 나는 한국말로 Happy Birthday 노래를 해주었고 사진도 찍었다. 라즈쿠마는 외국인의 생일 축하가 무척이나 즐거운 표정이었다. 시장에서 사온 치킨과 야채밥은 냄새가 역해서 수저로 끼적거리다 결국 먹지 못해 배고픈 저녁이었지만, 마음만은 어느 때보다 넉넉했다.

식사가 끝난 후 그는 나에게 간단한 요가를 가르쳐주었다. 몸이 약해 보인다며 자신이 가르쳐 준 요가를 매일 꾸준히 하라고 당부했다. 처음 보는 인도 요가라 그런지 뭔가 어설프고 엉터리 같아 보였지만 마음만은 충분히 전달 받았다.

그렇게 즐거운 저녁시간을 보낸 뒤 그는 자신의 방으로 돌아갔다. 나는 잘 자라는 인사와 함께 악수를 청했지만, 그는 악수 대신 내 머리를 지긋이 쓰다듬으며 말했다.

"Good night my son!"
굿 나이트, 라즈쿠마! 오늘밤 그대의 꿈속에 신의 은총이 있으리라!

라주쿠마와 다니니 가격 흥정도 필요 없고,
끈질기게 달라붙는 걸인이나 상인도 없어 좋았다.
나는 고마움의 표시로 릭샤나 택시비를 내겠다고 했지만,
그는 언제나 더치페이를 고집했다.

story 4
잘못된 여정

똑똑. 아침 일찍 누군가 방문을 두드렸다. 라즈쿠마였다. 운동을 했는지 약간 숨을 헐떡이고 있었다.

"Good Morning My son!"

"굿모닝 라즈쿠마. 아침 일찍 무슨 일이에요?"

"지금 막 조깅을 하고 오는 길이야. 아침에 너와 같이 조깅할까 생각했는데 너무 피곤해 하는 것 같아서 나 혼자 뛰고 왔어. 나는 아침마다 조깅을 해. 그게 건강을 유지하는 비결이지. 그나저나 오늘은 뭘 할 계획이야? 나랑 같이 고아를 구경하는 게 어때? 내가 멋진 곳을 알고 있어."

"저도 그러고 싶지만 오늘 자원봉사 하는 곳으로 떠나야 해요. 일단 버스표부터 예매해야 할 것 같아요."

"참, 그렇지! 오늘 떠난다고 했지. 정말 아쉽네. 그럼 내가 버스표 예매하는 걸 도와주지. 아침식사하고 나서 버스표 사러 가자."

"그래 줄 수 있어요? 귀찮으면 나 혼자 할 수도 있는데…"

"하하! No problem. You're my son!"

간단히 아침식사를 한 뒤, 체크아웃을 하고 모든 짐을 다시 등에 메자 뭄바이에서의 악몽이 되살아났다. 또 이 짐을 메고 몇 시간 동안 어떻게 다닌단 말인가. 게다가 컨디션은 어제보다 더 안 좋다. 생각해 보니 어젯밤도 몇 시간 자질 못했다. 천장에 붙어 돌아가는 선풍기가 떨어지면 어떡하나, 발코니 창문을 열어놓으면 도둑이 들어오지 않을까 등등 온갖 기우에 잠을 설친 데다 제발 안 했으면 했던 물갈이를 시작했기 때문이다. 아침부터 화장실에서 장을 주르륵 비워 버렸더니 정말 기진맥진했다.

"라즈쿠마, 쿤다푸르Kundapur까지는 얼마나 걸려요?"

"글쎄~ 10시간은 족히 더 걸리지."

정말이지 끔찍했다. 이 몸으로 어떻게 또 10시간을 이동한단 말인가? 인도가 이렇게 넓은 곳인지 전혀 예상하지 못했다. '까짓 거 열 몇 시간 기차 타는 게 뭐 그리 힘들겠어.' 하는 만만한 생각으로 인도에 왔는데 그게 생각 같지 않았다.

하지만 이제 와서 누구를 탓하랴. 한숨을 뒤로 하고 우리는 고아 주에서 두 번째로 큰 도시인 마드가온Madgaon(마르가오라고도 함) 버스정류장으로 향했다. 휴식은 자원봉사 캠프가 있는 쿤다푸르Kundapura에서 하는 것으로 미뤄야만 했다.

라즈쿠마는 내가 무척 피곤해하는 걸 눈치 챘는지 직접 버스표를 예매해 주겠다고 했다. 그는 몇 분가량 버스 매표소 직원과 힌디어로

인도가 이렇게 넓은 곳인지 전혀 예상하지 못했다.
'까짓 거 열 몇 시간 기차 타는 게 뭐 그리 힘들겠어?'
하는 만만한 생각으로 인도에 왔는데, 그게 생각 같지 않았다.

이야기하더니 뭔가 잘 안 됐다는 표정으로 다가 왔다. 쿤다푸어로 떠나는 버스가 이미 끊겼다는 것이다. 아직 오전 11시밖에 안 됐는데 막차가 떠났다니 무슨 말인가. 내가 이해가 안 간다는 표정을 짓자 라즈쿠마는 고아의 주도인 파나지Panaji(판짐이라고도 함) 버스 터미널로 가자고 했다. 아무래도 마르가오보다 큰 도시니 다양한 버스가 있지 않겠냐는 것이었다. 그렇게 다시 우리는 파나지 행 버스에 올랐다.

파나지에 도착하자 라즈쿠마는 자신의 호텔부터 정하고 버스표를 애매하자고 했다. 좋은 호텔은 일찌감치 예약이 끝나기 때문이란다. 나는 한시라도 빨리 버스표를 구해 자원봉사 현장으로 가고 싶었지만, 이것저것 도움을 주며 버스표를 구해 주려고 노력한 그의 부탁을 거절할 수 없었다.

우리 둘은 그 무거운 짐을 끌고 호텔을 구하기 위해 여기저기 돌아다녔다. 그러기를 벌써 1시간. 나는 인내의 한계를 느끼기 시작했다.

"라즈쿠마, 짐이 너무 무거워. 어깨도 너무 저리구. 게다가 속이 아프고 머리가 아파 죽겠어. 몸 컨디션이 엉망이야. 이러다 쓰러지겠어."

내가 컨디션이 안 좋다고 하자 라즈쿠마는 의사를 불러주겠다고 했다. 나는 괜찮으니 이제 그만 돌아다니고 적당한 호텔을 잡으라고 은근히 그를 보챘다. 그제야 내가 하는 말이 엄살이 아니라는 걸 눈치 챘는지 자신의 짐을 나에게 건네준 뒤 레스토랑에 들어가 있으라고 했다. 호텔을 구하면 데리러 오겠다고 했다.

레스토랑에서 30분 정도를 기다렸을까? 라즈쿠마가 드디어 반가운 얼굴로 레스토랑으로 들어왔다. 좋은 호텔을 구했다는 것이었다. 실

제로 보니 정말 멋진 방이었다. 왜 그렇게 깐깐하게 구하려 했는지
이해가 갔다. 발코니를 열자 고아의 멋진 해변이 한눈에 들어왔다.
침대, 화장실, 샤워 룸, TV, 정말 뭐하나 빠지지 않는 호화스러운 방
이었다.

"이것이 네가 쓸 방이야."

"What? 나는 오늘 떠나야 하는데요."

"몸 상태가 무척 나빠 보이는데 이럴 때 이동하는 건 미련한 짓이야.
게다가 지금 버스 터미널에 가도 버스가 없을 걸? 그냥 여기서 하루

더 머물고 내일 아침에 이동하는 게 어때?"

말이 어때지 이미 상황 종료인 듯 호텔 주인이 돈을 내라고 옆에서 재촉하고 있었다. 나의 의견을 묻지도 않은 채 자기 멋대로 내 호텔까지 잡아버린 그의 행동에 화가 났지만, 사실 틀린 말은 아니었다. 몇 시간 더 일찍 도착하려고 몸을 혹사시킬 필요는 없었다.

호텔에 짐을 풀고 잠시 누우니 그럭저럭 살 것 같았다. 자원봉사 리더에게는 전화를 걸어 하루 정도 늦을 것 같다는 말을 전했다.

그후 라즈쿠마와 나는 버스 터미널에서 다음날 아침 7시 버스표를 예매하였다. 버스표도 예약하고, 늦는다고 양해도 구하고 나니 한결

맘이 놓였다.

버스 예매가 끝나자 라즈쿠마는 근처의 멋진 교회를 보러 가자고 했다. 나는 몸이 좋지 않아 쉬고 싶다고 거듭 강조했지만 "여기까지 와서 안 보고 갈 순 없잖아." 하며 일방적으로 내 팔을 붙잡고 버스에 올랐다.

오늘따라 라즈쿠마가 나의 의견을 별로 귀담아 듣지 않는 것 같은 생각이 들었다. 호텔 문제만 해도 그렇고, 교회 가는 것도 그렇고 모두가 제멋대로였다. 일단은 그를 따라서 버스에 올랐다. 30분쯤 가면 된다던 라즈쿠마의 말과는 달리 버스는 1시간이 넘도록 달렸다. 나는 아파서 낑낑대고 있는 반면, 라즈쿠마는 맘 편하게 꾸벅꾸벅 졸고 있었다.

같이 여행한 지 3일째, 처음으로 라즈쿠마에게 화가 났다. 이런 식으로 끌려 다녀서는 안 되겠다는 생각이 들었다. 버스에서 내려서 빨리 교회를 보고 돌아갈 생각을 하고 있는데, 또 버스를 갈아타야 한다고 했다. 나는 결국 화를 참지 못하고 소리를 질렀다.

"몸 상태가 안 좋다고 했잖아요. 혼자 돌아가고 싶어도 이젠 여기가 어딘지도 모르겠어요. 돌아가는 길이라도 가르쳐 줘요!"

"의사를 불러 줄까?"

"의사 같은 건 필요 없다구요. 그냥 호텔에 가서 푹 자고 싶어요."

내가 짜증스럽게 소리치자 그제야 라즈쿠마는 미안한 듯 돌아가자고 했다. 결국 우리는 교회를 보지 못한 채 호텔로 돌아가기 위해 기차역으로 이동했다. 한시라도 빨리 돌아가고 싶은 마음이 가득한 판에,

기차가 한 시간이 연착됐다는 안내방송이 흘러 나왔다. 말이 한 시간 연착이지 인도인들의 엉터리 시간 개념을 더하면 두 시간은 될 것이다. 라즈쿠마 탓은 아니지만 계속 그가 원망스러웠다.

나는 짜증난다는 표정을 지은 채 말없이 기차를 기다렸다.

"미안하다. 네가 그렇게 아픈지 몰랐다. 괜히 가자고 한 거 같아서 미안하다."

"괜찮아요. 호텔에 가서 쉬면 금방 괜찮아질 거예요."

"래우, 내가 돈을 호텔에 두고 와서 그런데 500루피만 빌려줄 수 있어? 돌아가는 길에 뭐 좀 살게 있어서…."

잠시 생각을 했다. 오늘 아침 호텔비도 잔돈이 없다고 해서 내가 내주었다. 물론 삼일 동안 같이 여행하며 이것저것 서로 나누어 낸 건 사실이지만 돈 액수가 커지자 확실히 해야겠다는 생각이 들었다.

"아까 호텔비도 제가 낸 거 아시죠?"

"물론이지. 호텔에 들어가 정확히 계산해서 줄게."

몸도 아프고 정신도 없는 상태라 더 이상 생각하고 싶지 않았다. 그냥 지갑에서 돈을 꺼내 그에게 주었다.

1시간 반쯤 지나자 기차가 왔다. 호텔까지 얼마나 걸리는지 묻자 1시간이 넘게 걸린다고 하였다. 버스보다 기차가 빠르다는 것도 그렇고, 기차를 선택할 때만 해도 30분이면 도착한다던 그의 말은 전혀 앞뒤가 맞지 않았다. 그때 난 라즈쿠마가 별로 깊이 생각하지 않고 자기 맘대로 행동하는 사람이라고 판단했다.

라즈쿠마의 인성보다 더 큰 문제는 나의 몸 상태였다. 열이 펄펄 나

기 시작했고, 쉬지 않고 설사를 했다. 이질이나 장염에 걸린 게 분명
했다. 화장지를 준비 못한 탓에 인도인처럼 손으로 닦고 물로 헹궈야
만 했다. 화장지를 구하러 다니기조차 힘들 정도로 몸 상태는 최악이
었다.

기차에 사람들은 또 어찌나 많은지 앉을 공간도 턱없이 부족했다. 어
지럽고 집중력이 떨어지니 짐칸이고 뭐고 따질 겨를이 없었다. 어디
든 눕고 싶다는 생각에 결국은 라즈쿠마가 권하는 대로 짐칸에 기어
올라갔다. 정말 인도 와서 별의별 짓을 다하고 있었다. 이것도 경험
이라면 경험이라고 해야 할지 모르겠지만 몸이 아파가면서 여행을
하고 싶은 생각은 없다. 여행 경험이 많은 형이 여행 가기 며칠 전 철

두철미하게 계획 짜는 게 무엇보다 중요하다고 했던 충고가 귓전에 맴돌았다. 인도는 막연하게 생각하고 여행할 수 있는 호락호락한 나라는 아니었다.

또한 라즈쿠마와 여행하면서 이것저것 고마움을 느껴왔었지만 이런 일을 겪고 나니 더 이상 같이 다니기 싫어졌다. 예상과는 달리 깊게 생각하지 않고 멋대로 행동하는 사람인 것 같았다. 기대와 다르게 나의 인도 여정은 마구 엉켜가는 듯했다.

잠시 졸은 사이 기차 밖은 이미 해가 떨어져 어둑어둑한 밤이 되어버렸다. 큰 비가 오려는지 빗방울이 한두 방울씩 차창 밖으로 떨어지기 시작했다. 왠지 모르게 불안한 마음이 들었지만 호텔에 돌아가 편히 쉬면 괜찮아질 거라는 생각으로 마음을 추스렸다.

'내일은 괜찮겠지?'

나의 몸 상태가 심상치 않았다.

열이 펄펄 나기 시작했고 쉬지 않고 설사를 했다.

화장지를 준비 못한 탓에

인도인처럼 손으로 닦고 물로 헹궈야만 했다.

화장지를 구하러 다니기조차 힘들 정도였다.

뱀의 유혹

'뱀은 운명 그 자체이며,

재앙보다 빠르며,

복수보다 생각이 깊고,

운명보다 더 알 수 없다'

YOU ARE MY SON

story 5
"돌아가라!
멍청하고 나약한 코리안"

"고, 자빠니! 고, 자빠니!"

그들은 내가 일본인인 줄 알았는지 '뛰어라 일본인'을 외치며 경마 경주 즐기듯 힘껏 소리치고, 난 고등학교 체력장 이후로 내 능력 모두를 발휘해서 뛰었다. 심장은 요란하게 고동치고 있었고, 어느 순간 아픈 건 다 잊어버렸다. 기차에 올라 반대편 문을 힘껏 발로 찼다. '쾅' 하는 소리와 함께 굳게 잠긴 문고리가 부서지며 문이 열렸다.

반대편 기차는 어느 정도 속도가 붙은 상태였다. 기차에서 뛰어내려 반대편의 달리는 기차를 달타냥 말 잡듯이 탔다. 순간 발이 미끄러져 기차바퀴 사이로 빨려 들어갈 뻔했다. 자칫하면 죽을 수도 있는 순간이었다. 온몸에 소름이 돋았다. 나도 모르게 눈물이 고이고, 덜덜덜 온몸이 떨리기 시작했다.

'뭐가 잘못된 걸까? 뭐가 나를 이 지경으로 만든 것일까?'

방금 전의 일이었다. 1시간 정도 더 걸릴 것이라는 말을 전했던 라즈

쿠마가 언제부터인지 보이지 않았다. 몸이 많이 아픈 데다가 평소에도 자주 사라졌다 나타나곤 하는 녀석이라 별로 신경 쓰지 않았지만, 1시간이 넘도록 안 보이니 그를 찾아 나설 수밖에.

"미스터 라즈쿠마! 미스터 라즈쿠마!"

기차 구석구석을 돌아다녀 봤지만 끝내 보이지 않았다. 뭔가 이상한 느낌이 들어 다른 인도인에게 지금의 위치를 물었다. 대답을 들은 나는 귀를 의심하지 않을 수 없었다. 내가 있는 곳은 목적지 고아Goa를 훨씬 지나 카르나타카Karnataka로 향하고 있었다.

가슴이 쿵쾅쿵쾅 뛰기 시작했다. 일단 기차에서 내렸다. 고아의 호텔과 점점 더 멀어지는 그 기차를 계속 타고 갈 순 없었다. 밤 9시, 이름도 모르는 역은 온통 어둠으로 깔려 있었다. 난 주위 사람들에게 고아로 가는 반대편 기차가 언제 오냐고 물었다.

"No more Chance! 고아로 가려면 내일 아침 기차를 타야 해."

나는 더더욱 당황하기 시작했다.

지금 무슨 일이 어떻게 돌아가는 거야? 호텔에는 어떻게 돌아가나, 아니 내 호텔은 어디 있지, 아니 그건 그렇고 라즈쿠마는 어디 있는 거야, 날 버리고 어딜 간 거지?

내가 너무나 당황해 안절부절못하며 울먹이자 무료하던 참에 웬 구경거리냐는 표정의 인도인들이 삼삼오오 몰려들기 시작했다.

난 최대한 '진정해야 돼, 진정해야 돼.' 자제를 하며 그들에게 내가 처한 상황을 설명하기 시작했다. 그러나 기차는 이미 떨어졌고 내일까지 기다려야 한다는 말만 되돌아왔다. 그리고 다들 심심한데 잘됐다는 표정으로 차고 있는 시계는 얼마냐는 둥, 월수입이 얼마냐는 둥, 전혀 엉뚱한 질문만 해댔다.

그때였다. '뿌웅~' 조그만 경적을 울리며 내가 탔던 반대편 레일에서 기차 한 대가 들어왔다. 주위에 몰려 있던 인도인들은 수군거리더니, 갑자기 'Go!' 를 외쳤다. 지금 들어오는 저 기차를 탈 수 있다면 고아로 갈 수 있다는 것이다. 반대편 승강장은 어떻게 가냐고 묻자, 그저 오는 기차를 가리키며 무조건 뛰라고만 했다.

그렇게 나는 서둘러 조금 전 내렸던 그 기차에 다시 올라타 반대편 문을 부순 뒤, 오는 기차를 잡아타게 된 것이다.

'자라 보고 놀란 가슴 솥뚜껑 보고 놀란다.' 는 속담처럼 내가 올라탄 기차가 정말로 고아로 가는 기차인지 확인해야겠다는 생각이 제일 먼저 머리를 스쳤다. 하지만 불행하게도 내가 탄 기차에서 영어를 할 줄 아는 사람 찾기가 좀처럼 쉽지 않았다. 관광지를 조금만 벗어나면 영어를 하는 사람은 현격히 줄어든다. 나는 미친 듯이 영어할 줄 아는 사람을 찾아다닌 끝에 3등 칸에 앉아 있는 모녀를 만났다.

"Can You Speak English?"

"무슨 일이세요?"

나는 질문을 던져놓고 잠시 동안 말을 이어갈 수 없었다. 앉아 있는 젊은 인도 여인과 눈이 마주쳤을 때 뭔가에 홀린 듯 정신이 멍해져 버렸다. 깊고 검은 눈동자와 긴 곱슬머리, 청바지에 티셔츠를 입고 있던 세련된 그녀는 내가 이전까지 보았던 인도인 중 가장 아름다웠다. 너무나 눈부신 그 모습이 마치 인도의 여신을 보는 듯했다.

잠시 후 정신을 차리자 내가 처한 상황이 너무나 우스웠다. 이렇게 위급한 상황에 그녀의 눈빛에 빠져 아무 말도 못하고 있다니…! 나는 정신을 다시 가다듬고 나의 처지를 설명하기 시작했다. 내 이야기를 차분히 듣던 그녀는 여권과 비행기 표가 어디 있는지부터 물었다.

"그것들은 제 복대 속에 있어요."

"그럼 됐어요. 일단 진정하세요. 모든 것이 잘 해결될 거예요."

그녀에게는 이상한 힘이라도 있는 듯 거짓말처럼 빠르게 진정이 되었다. 아무 상황에서나 무작정 no problem을 말하는 다른 인도인과는 다르게 그녀는 여행자의 필수품인 여권과 비행기 표부터 확인했다. 그리고 한동안 씻지도 못하고 먹지도 못해 퀭한 얼굴을 보고 밥은 먹었냐며 걱정스러운 듯 물었다. 눈물이 고였다.

젠장! 이게 뭐란 말인가. 첫 해외여행이라고 놀러 와서 나흘 동안 먹지도 씻지도 못하고 아프기만 했다.

그녀는 조금도 서두르지 않고 차근차근 나의 상황을 묻기 시작했다. 물론 고아까지는 1시간은 족히 걸리니 서두를 이유도 없었겠지만, 그보다는 공포에 질려 있는 나를 진정시키는 것이 무엇보다 시급하다고 생각했던 것 같다.

그러나 그녀가 묻는 질문에 제대로 대답할 수 있는 게 별로 없었다. 멍청하게도 내가 머무는 호텔의 이름도, 그것이 어느 해변에 있는지도 기억해낼 수 없었다. 생각해 보니 아침부터 몸이 아프다는 핑계로 모든 일을 라즈쿠마에게 맡겼던 것이다.

하지만 모른다고만 할 수는 없었다. 뭔가 단서를 찾기 위해 가방을 뒤지다 뜻밖에도 호텔 키를 찾아냈다. 호텔에 숙박하면 외출 때 방 키를 카운터에 맡기곤 했는데, 깜빡 잊고 들고 나온 것이다. 그 멍청함이 나를 살릴 줄이야.

그 모녀는 호텔 키를 보더니 이 정도쯤이야 식은 죽 먹기라는 듯 호텔 이름이며 위치까지 줄줄 설명하기 시작했다. 지금은 일 때문에 뭄바이에 살고 있지만, 다행스럽게도 그녀들의 고향이 바로 고아였던 것이다.

두 모녀의 친절은 거기서 끝나지 않았다. 나와 같은 역에서 내리는 건장한 인도 남자를 어렵사리 찾아내서는 택시 타는 곳까지 안전하게 데려다주라는 부탁까지 해주었다.

그녀들은 내가 혼자 배낭여행과 자원봉사를 하러 인도에 왔다는 이야기를 하자 매우 놀라워했다. 인도는 혼자 여행하기에는 너무나 위험한 곳이니 꼭 가이드나 친구와 같이 다니라는 충고도 해주었다.

"걱정 마세요. 당신의 여행에 신의 보살핌이 있을 거예요."

나의 호텔과 가장 가깝다던 고아의 한 기차역에 내리기 전, 그녀는 굴러다니는 신문 조각에 자신의 연락처와 주소를 적어주며 뭄바이에 오게 되면 꼭 연락하라고 했다. 나는 그 신문쪼가리를 손에 꼭 쥐었다. 그리고 4년이 지난 지금도, 물론 반이 찢어지긴 했지만 조심스레 보관하고 있다. 그것이 없어지면 왠지 여행의 의미가 없어지는 것 같아서 한국에 돌아와서도 마치 부적처럼 몸에 지니고 다녔다.

택시 운전사는 내가 머무는 호텔을 알고 있었다. 늦은 밤인데다가 외국인이라 그런지 터무니없이 비싼 요금을 불렀지만 따질 때가 아니라는 걸 알았기에 '최대한 빨리 갑시다!' 라는 말과 함께 택시에 올라탔다. 시계는 자정을 훌쩍 넘어 새벽 1시로 향하고 있었다.

조금 열린 택시 유리문 사이로 기분 나쁘게 비가 추적추적 흘러내렸다. 1분 1초가 너무나 긴장되고 두려운 시간이었다. 그 와중에도 머릿속은 바쁘게 돌아갔다. '라즈쿠마는 왜 나를 버린 걸까? 설마 몰래 도망쳐서 내 짐을 훔쳐가진 않았나? 만약 만나게 되면 화를 내야 하나?'

1시간쯤 달리자 라즈쿠마와 같이 묵었던 오전의 그 호텔이 눈에 들어왔다. 나는 택시에서 내려 쏜살같이 방으로 뛰어 들어갔다. 다행히 굳게 걸어 잠긴 자물쇠가 눈에 들어왔다. 문을 열고 방으로 들어가니 검은색 카메라 가방과 짐 가방 등 모든 것이 있어야 할 곳에 그대로 있었다. 그제야 마음이 놓였다.

이놈의 쓸데없는 망상! 인도에 와서 괜히 불신병만 늘은 것 같다. 나는 안도의 숨을 내쉬며 라즈쿠마를 떠올렸다.

'도대체 라즈쿠마는 어떻게 된 걸까? 나를 깜빡 잊고 놓쳤나?'

이런저런 생각을 하고 있는데 불연 듯 이상한 느낌이 온몸을 덮쳤다. CDP 리모컨 선이 가방 밖으로 삐죽 빠져 나와 있는 게 아닌가. 평소에 CDP를 가방 주머니 안에 넣어 두기 때문에 가방 밖으로 빠져 나올 일이 없었다. 순간 온몸에 소름이 돋고 가슴이 쿵쾅쿵쾅 방망이질하기 시작했다. 가방을 열어 보니 CDP가 온데간데없이 사라지고 없었다.

그 상태에서 뒤를 돌아 굳게 닫혀 있는 카메라 가방을 보았다. 심장이 다시 고동치기 시작했다. 가방 열기가 무서웠다. 눈물이 고였다. 역시나 가방은 텅 비어 있었다.

'아니 도대체 어떻게 된 거지?'

뒤를 돌아보니 발코니 문이 살짝 열려 있는 게 아닌가.

"꺄아아아아악~"

나도 모르게 너무 놀라 소리를 질렀다. 새벽에 느닷없는 비명소리에 호텔 주인과 다른 여행자들이 내 방으로 뛰어 들어왔다.

"무슨 일이예요?"

"짐이 없어졌어요. 짐을 도난당했다구요. 도둑이 발코니로 들어온 거 같아요."

"오, 저런!"

"옆방에 묵었던 내 일행은 어디 있어요?"

"아까 들어왔다 나간 거 같던데…"

"그 사람이 범인이에요! 경찰을 불러주세요."

"지금은 너무 늦었어요. 내일 전화할게요."

호텔 주인은 괜히 책잡힐 게 싫어서인지 무뚝뚝하게 대답했다. '그러게 왜 인도인을 믿어' 라는 말도 덧붙였다. 흥분한 나는 호텔 주인에게 몇 십분 가량을 따졌지만 얻어낸 건 하나도 없었다.

온몸에 기운이 빠지기 시작했다. 결국 내가 할 수 있는 일이라곤 호텔 주인이 안전하다고 하는 방으로 이동하는 것뿐이었다. 옷가지만 남아 있는 가방과 텅 빈 카메라 가방을 들고 새 방으로 들어왔지만 좀처럼 진정이 되지 않았다. 오한과 공포에 온몸이 오들오들 떨렸다. 쇼크가 컸던 걸까? 갑자기 속이 울렁거리기 시작하더니, 급기야 화장실로 뛰어 들어가 먹은 것을 입으로 쏟아내기 시작했다. 구토가 끝나기 무섭게 이번에는 설사를 해대기 시작했다. 결국 위아래로 먹었던

기억의 필름을 거꾸로
돌리니 모든 것이 하나로
꿰맞춰졌다. 그제야 이 모든
것이 3일에 걸친
라즈쿠마의 계획적인
작품(?)이었다는 걸
깨달았다.

모든 것을 쏟아 내고서야 멈출 수 있었다.

라즈쿠마. 그와 만난 첫날, 나와 같은 기차라고 했다. 근데 지금 생각
난 그의 티켓의 열차번호는 나와 달랐었다. 그날 밤 기차표 검사 받
을 때도 뭔가 잘못됐는지 나를 가리키며 승무원에게 계속해서 변명
을 했었다. 나와 동행하기 위해 중간에 목적지를 바꾼 것이었다. 내
가 물이 부족할 때 그가 친절하게 기차 안에서 구해준 물. 생각해 보
니 그 물을 마시고부터 물갈이를 시작했다. 아마 그건 위험하다던 인
도의 수돗물이었을 것이다.

라즈쿠마가 고른 모든 호텔에 발코니가 있던 이유도 내 물건을 호시
탐탐 노리고 있었다는 증거였다. 그가 들고 다니던 작은 가방 역시
인도 곳곳을 여행하는 사람치곤 너무 작았다. 그런 그가 오늘 아침
이유 없이 무척이나 큰 가방을 샀다. 아마 나의 짐을 훔쳐 담기 위해
서였을 것이다.

그가 자신의 핸드폰 번호라고 적어준 종이를 보니 다른 사람들 핸드

폰 번호와 무척이나 다르다. 보통 10자리 숫자를 쓰는데 7자리밖에 되질 않는다. 나중에 안 사실이지만 그가 적어준 주소와 전화번호, 그리고 핸드폰 번호, 모두 다 존재하지 않는 것이었다.

그가 교회 갔다가 돌아오는 길에 기차를 선택한 이유, 아픈 나를 보며 짐칸에 올라가 잠을 자라고 권했던 이유, 기차에서 한 시간 남았다고 말하고 사라진 그곳이 내가 내려야 했던 역이란 것. 기억의 필름을 거꾸로 돌리니 모든 것이 하나로 꿰맞춰졌다. 그제야 이 모든 것이 3일에 걸친 라즈쿠마의 계획적인 작품(?)이란 깨달았다.

나는 짐승처럼 울부짖기 시작했다. 너무나 멍청한 내 자신이 싫어서 미친 사람마냥 머리를 쥐어박고, 피가 날 정도로 주먹으로 벽을 쳤

다. 그것도 모자라 손톱으로 내 살을 쥐어뜯으며 온몸을 자해하기 시작했다. 얼마나 시간이 흘렀을까? 온몸에 기운이 다 빠지고 나서야 이 모든 걸 멈출 수 있었다.

나는 침대에 벌렁 자빠져서 천장을 바라보고 있었다. 천장에 붙은 선풍기가 어지럽게 돌아가고 있었다. 내 어리석은 영혼은 몸과 분리되어 선풍기와 같이 빙빙 돌아가고 있었다. 너무나 어지러웠다. 세상이 너무나 어지러웠다. 온몸은 만신창이가 되고, 소중한 것들은 모두 도난당한 멍청한 나를 보며 선풍기 팬은 비웃듯이 웅웅 소리를 내며 말하고 있었다.

"돌아가라, 멍청하고 나약한 코리안!"

까불지 마라, 쌍년아

하루 온종일 라즈쿠마를 기다렸다. 모든 정황으로 봤을 때 그가 훔쳐 간 것이 확실했지만 혹시 돌아오지 않을까 하는 미련에 잠도 자지 않고 기다렸다. 하지만 그는 돌아오지 않았고, 실낱 같은 희망은 산산이 부서졌다. 지금쯤 가방 가득 나의 물건을 넣고 이미 고아를 벗어났으리라.

'지금부턴 교활하게 행동할 테야. 아무도 믿지 않을 거야.'

나는 더 이상 당하지만은 않겠다며 이를 악물었다. 결코 쉽지는 않았지만 혼자 울부짖고 있을 수만은 없었다. 경찰에 신고하고, 대사관에 연락해 볼까도 생각했지만 그렇게 한들 크게 달라질 것은 없었다. 나는 여행자 보험도 들지 않았고, 막상 이런 일이 생기고 나니 과연 이 나라 경찰은 믿을 수 있나 하는 의구심마저 들었다. 며칠 동안 먹지 못하고 자지 못해 얼마 남지 않은 에너지를 이미 지나 버린 일에 소비해서는 안 된다는 생각을 했다.

이 넓은 인도에서 지금 내가 기댈 수 있는 곳이라고는 자원봉사 단체

밖에 없었다. 그들에게 잠시 양해를 구하고 아픈 몸을 맡기는 것이 최선의 선택이라 생각했다.

나는 침대에서 일어나 세수를 하고 옷을 입고, 가방을 열어 도난당한 물건을 체크하기 시작했다. 카메라, 2개의 렌즈, 각종 필터와 고급 필름들, CD플레이어, 내가 애지중지하던 CD들, 전자사전, 그리고 4년 넘도록 써서 반쯤 부서진 내 안경. 가방에 있는 건 5일 동안 빨지 않아 악취를 풍기는 옷가지들뿐이었다.

현실을 직시하니 다시 눈물이 나고 현기증이 일었지만 마음을 가다듬으려고 노력했다. 그나마 위로가 된 건 비상용으로 가방 바닥에 숨겨 두었던 250달러가 고스란히 있다는 거였다. 가방 채로 훔쳐갔다면 아마 난 거기서 여행을 중단했어야 했다.

"정말 고맙다, 이 나쁜 놈아!"

가방이 터무니없게 남아돌았다. 짐 대부분을 도난당했으니 당연한 일이지만 빈자리가 너무나 크게 느껴졌다. 남은 짐들을 대충 가방에 구겨 넣고 밖으로 나왔다. 해가 뜨지 않아 아무것도 보이지 않는 컴컴한 해변에 비가 추적추적 오고 있었다. 그때 처음으로 깨달았다. 믿을 건 내 몸 하나밖에 없다는 것을.

고아에선 컴컴할 때 절대 혼자 다니지 말라고 했지만 조금도 신경 쓰지 않았다. 아니 어느 놈이든 걸리기만 하면 실컷 두들겨 패주고 싶은 심정이었다.

나는 택시를 잡아 파자니 터미널로 이동했다. 제일 먼저 쿤다푸르 행 버스가 있는지부터 확인했다. 정말 어이 없게도, 그리고 바보 같게도 쿤다푸르로 가는 버스는 2시간에 한 대씩 있었다. 막차가 일찌감치 떨어졌다던 라즈쿠마의 말은 순 엉터리 거짓말이었던 것이다. 심지어는 기차도 있었고 버스의 종류도 이것저것 다양했다. 매정하게도 그가 예약해준 버스는 그 중에서도 가장 작은 로컬 버스였다. 우리나라 마을버스만도 못한, 진즉에 폐차시켰어야 할 최악의 버스였다. 라즈쿠마는 날 속인 것도 모자라 완벽히 골탕 먹이고 싶었나 보다.

버스는 두 명이 앉아도 모자랄 자리에 세 명이 구겨 앉은 후에야 출발했다. 나는 난생 처음으로 가슴이 찢어진다는 게 이런 것이구나 하는 느낌을 받았다. 너무 속상하고, 너무 힘들었다. 왜 나에게 이런 무지막지한 불행이 다가온 건지 원망스럽기만 했다.

특히 카메라가 사라졌다는 것은 단순한 분실의 의미를 넘어섰다. 나에게 카메라는 친구 이상의 존재였다. 하루 세 끼 라면과 떡볶이로 배를 채워가면서도 필름 값과 현상 비에는 인색하지 않을 만큼 사진을 좋아했고, 카메라를 아꼈다. 사랑했던 여자가 이유 없이 날 떠났을 때도 이렇게 가슴이 아프진 않았던 것 같다.

그러나 이 모든 것보다 더 속상했던 것은 믿는 사람에게 당했다는 것이다. 좋은 사람이라 생각했던 라즈쿠마가 너무도 교활하게 날 속인 게 가장 참을 수 없는 고통이었다.

버스가 고아에서 멀어져 갈수록 비는 점점 더 거세게 내렸다. 아마 더 이상 울 기운조차 없는 날 위해 하늘이 대신 울어 주는 것이리다.

'그래, 더 세게 내려라. 네 어찌 내 마음만큼 울 수 있으랴…. 더 세게

버스는 롤러코스터처럼 출렁이는 것이
당장이라도 전복되거나 사고가 날 것 같았다.
나의 상황 역시 사고 직전이었다.
이가 덜덜 떨리고 머리는 깨질 듯 아파왔다.

울어라.'

내 절절한 맘을 알았는지 비는 훨씬 거세게 내리기 시작했고, 급기야 하늘에선 구멍이라도 난 듯 감자만한 빗방울이 쏟아지기 시작했다. 세상은 온통 빗소리로 시끄러웠다. 버스 천장에서는 비가 주르륵 새고, 안 그래도 좋지 않은 도로는 비로 인해 더욱 엉망이 되어갔다. 두 손으로 핸들을 꼭 잡아도 위험한 판에 운전사는 한 손에 신문지를 들고 연신 앞 유리를 닦아가며 운전하고 있었다. 버스는 롤러코스터 처럼 출렁이는 것이 당장이라도 전복되거나 사고가 나도 전혀 이상하지 않을 상황이었다.

나의 상황 역시 안 좋은 것은 마찬가지였다. 이가 덜덜덜 부딪칠 만큼 오한이 나고, 머리는 깨질 듯이 아파왔다. 지금 당장이라도 쏟아질 듯한 설사를 참아가며 정신의 끈을 놓지 않고 몇 시간을 버텨왔다. 비좁은 버스 안에서 고통에 몸부림치다 보니 나중에는 시간이 정지한 느낌마저 들었다.

'주르륵'

잠깐 졸면서 긴장이 풀렸는지 참았던 설사가 바지 사이로 물 흐르듯 쏟아 내렸다. 그 지독한 순간에도 깜빡 졸다가 대형 사고를 친 것이다. 내 생애 최악의 순간이었다. 내가 갓난아기일 때조차 바지에 똥을 쌌는지도 기억나지 않는다. 그런데 다 큰 성인이 돼서 이런 일이 벌어지다니… 정말 눈물이 날 정도로 치욕스러운 순간이었다.

한국이었다면 버스 운전사에게 있는 돈을 다 쥐어주고 근처에서 가장 깨끗한 화장실로 가자고 했겠지만, 이 상황에 어떻게 대처해야 할지 난감하고 당황스러웠다. 난 꼼짝하지 않고 어떻게 대처할지를 한참 고민했다. 그리고 가방에서 두 장 남은 휴지를 꺼낸 후 잘 포개서 바지 속에 집어넣었다. 그때 내가 할 수 있는 일은 그것 다였다.

그리고는 언제쯤 버스가 멈출까하는 생각을 하며 졸릴 때마다 허벅지를 손톱으로 쥐어뜯었다. 며칠 밤 자지 못해 너무 졸리고 아팠지만 눈을 감을 수 없었다. 긴장이 풀어지면 또 한 번 설사가 쏟아질 것 같았다. 복통과 두통 그리고 고열, 수면부족. 버스가 멈추기까지의 두세 시간은 미칠 만큼 힘들고 긴 시간이었다. 하늘이 노랬다가 깜깜해지기를 반복했고, 진땀이 삐질삐질 나는 게 금방이라도 어떻게 될 것 같았다.

버스가 휴게소에 서자마자 나는 용수철처럼 뛰쳐나와 화장실로 향했다. 그러나 말이 좋아 화장실이지 돼지우리만도 못한, 그저 지붕도 없는 오물 쌓인 넓은 벌판이었다. 이것저것 따질 상황이 아니라는 걸 알았기에 남들이 보든 말든 억수같이 오는 비를 맞으며 볼일을 봤다. 빗줄기가 무척이나 거센 탓에 바지와 얼굴에 빗물인지 똥물인지 모를 물이 튀였다. 내 처지가 부끄럽고 눈물 나게 한탄스러웠다. 게다가 화장지도 없었다. 인도인들처럼 물병에 물을 받아온 것도 아니다. 이렇게 비오는 것이 정말이지 불행 중 다행이었다.

일을 마치고 버스에 다시 오르자 버스 안의 인도인들이 나를 보며 실실 웃었다. 비에 젖은 생쥐처럼 비에 홀딱 젖은 외국인의 모습이 무척이나 우스워 보였던 모양이다. 그러나 그런 시선은 더 이상 문제되지 않았다. 그보다는 뭐라도 먹어서 기운을 내지 않으면 안 되겠다는 생각이 들었다. 가방을 뒤져 보니 초콜릿 봉지가 손에 잡혔다. 이미 다 녹아버려 초콜릿인지 아까 뒤를 닦던 똥인지 구분이 가질 않았지만, 덜덜 떨리는 손으로 초콜릿을 입에 구겨 넣었다.

인도에서 비 쏟아지는 몬순에 버스를 타 보지 않은 사람은 모른다. 들이치는 비 때문에 창문을 열 수도 없고, 버스 안은 수많은 사람들의 열기 탓에 한증막을 연상케 한다. 가뜩이나 엉망인 몸은 더 이상 버틸 힘이 없다는 신호를 계속 보내왔다. 아무리 정신을 차리려고 해도 자꾸 몽롱해졌다.

그 순간, 죽을 때 죽더라도 유언은 남겨야겠다는 생각이 들었다. 나는 가방에서 일기장을 꺼내 펼쳤다. 그런데 그 일기장에 인도로 출발하기 이틀 전에 친구가 써준 편지가 껴 있었다.

-갠지스 강에서 죽어가고 있을 너의 모습이 선하구나.
죽지 마, 죽지 마. 죽으면 안 돼, 응?
죽어갈 때 이 글을 읽어라, 그럼 살아서 돌아올 것이다.-

매일 밤잠을 설치고, 카메라를 도난당하고, 열차에서 뛰어내리고, 기차 바퀴에 발이 끼여 죽을 뻔하고, 폭우를 맞으며 설사한 뒤에 녹아버린 초콜릿으로 허기를 채우는 내 모습을 그녀는 예상이라도 했다는 듯 장난스럽게 적어놓은 편지 몇 줄. 그 편지를 본 순간, 내가 너무 유치하다는 생각에 웃음이 절로 나왔다. 온실 속 화초마냥 좋은 잠자리, 좋은 음식, 따뜻한 방에서만 지내던 내가 빗물에 젖은 손으로 똥구멍을 닦고 마을버스보다도 못한 버스에 구겨 앉아서 다 녹아 버린 초콜릿을 입에 쑤셔 넣으며 유언이나 쓰겠다는 생각을 하다 니….

"으하하하하하하하"

혼자서 미친 듯이 웃자 버스운전사를 비롯해 버스 안의 모든 사람들 이 깜짝 놀라 쳐다봤다. 하지만 한동안 웃음을 멈출 수 없었다. 누나 를 닮은 내 옆의 꼬마 여자아이는 뭐가 좋은지 덩달아 낄낄거렸다.

웃으면서 나는 이렇게 사람이 실성하는구나 하는 생각을 했다.

실컷 미친 듯이 웃고 나니 왈칵 눈물이 쏟아지려 했다. 나는 이를 악물고 참았다. 유언을 써보겠다는 일기장도 닫아 버렸다. 그리고 폭우 쏟아지는 하늘을 보며 속으로 말했다. 아니 내 처녀성을 바친 인도를 향해 소리쳤다.

"어이, 까불지 마라 쌍년아! 날 만만하게 보지 말라고…!"

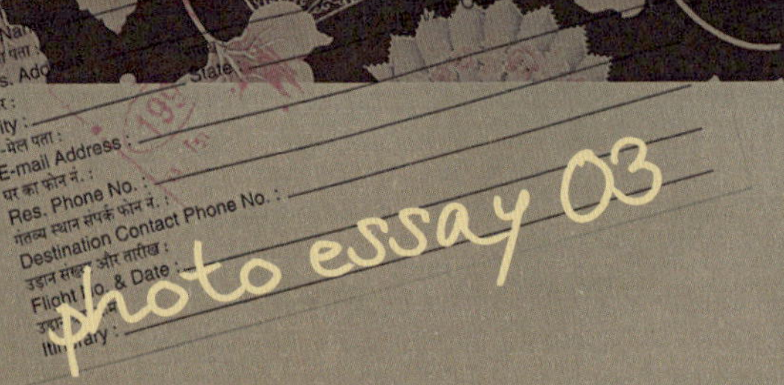

주인을 찾아주는 몬순

날씨가 시원해지는 10월이 찾아오면

인도는 배낭 여행자들로 북새통을 이룬다.

이 기간 동안에 인도 어디를 가든지 외국인 여행자를 찾는 건

어려운 일이 아니며, 유명 여행지서는 숙소 구하기조차 힘들다.

여행 물가 역시 크게 상승하는데, 경우에 따라선

호텔값이 20배 이상 뛰기도 한다.

이런 현상은 남부 해변 고아에서 두드러지게 나타난다.
이 기간의 고아 해변에는 비치파라솔이 끝없이 늘어서고 인도의 문화로선
상상할 수 없는 비키니 여인들이 훤히 등을 내보인 채 선탠을 즐긴다.
가끔은 내가 지금 걷고 있는 이 해변이 인도인지 유럽인지 착각이 들 정도이다.
또한 밤새 시끄럽게 열리는 히피들의 파티를 보면 이 기간은
성수기라는 표현보단 정복기라는 표현이 더 어울리지 않나 싶은 생각도 든다.

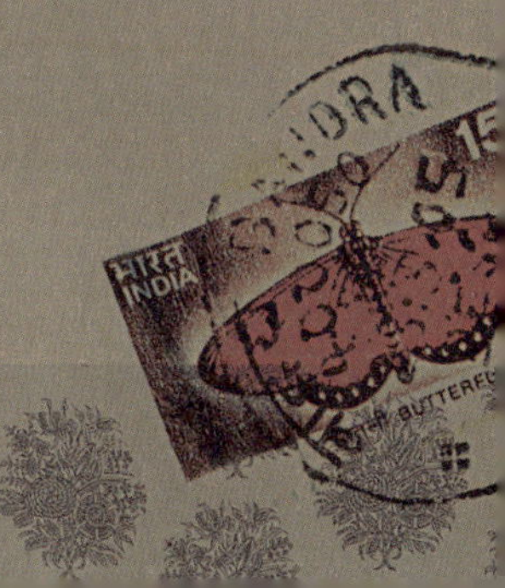

높은 물가와 외국인 여행자들의 기에 눌린(?) 덕에

정작 인도인들이 성수기 때 휴가를 즐기는 모습은 거의 보지 못했다.

성수기인 겨울이 지나고 3월이 되면

인도 땅은 점점 달궈지기 시작하고 6월에 접어들면

하늘에서 감자만한 빗방울이 쏟아지기 시작한다.

이렇게 몬순이 시작되면 음식점이나 호텔들은 하나둘씩 문을 닫고

고아는 몇 개월에 걸친 겨울잠에 들어간다.

아이러니컬하게도,

이렇게 고아가 잠든 기간 동안 찾아오는 이들이 바로 인도 여행자들이다.

몇 개월 안 되는 짧은 기간 동안이지만

하늘에서 내리는 비는 잠시 동안 고아를 주인과 같이 보내도록 만들어준다.

몇몇 용감한 인도인들은 몬순의 거친 파도에 해수욕을 즐기거나

잠시 바다에 발을 담가 보기도 하지만,

비가 내리기 시작하면 그것마저 할 수 없어

레스토랑에서 빠끔히 비오는 바다를 물끄러미 쳐다본다.

그 광경을 보면서 마음 한구석이 쓸쓸했던 건 왜일까.

첫 번째 교훈, 죽기 싫으면
맛없어도 입 다물고 먹어라

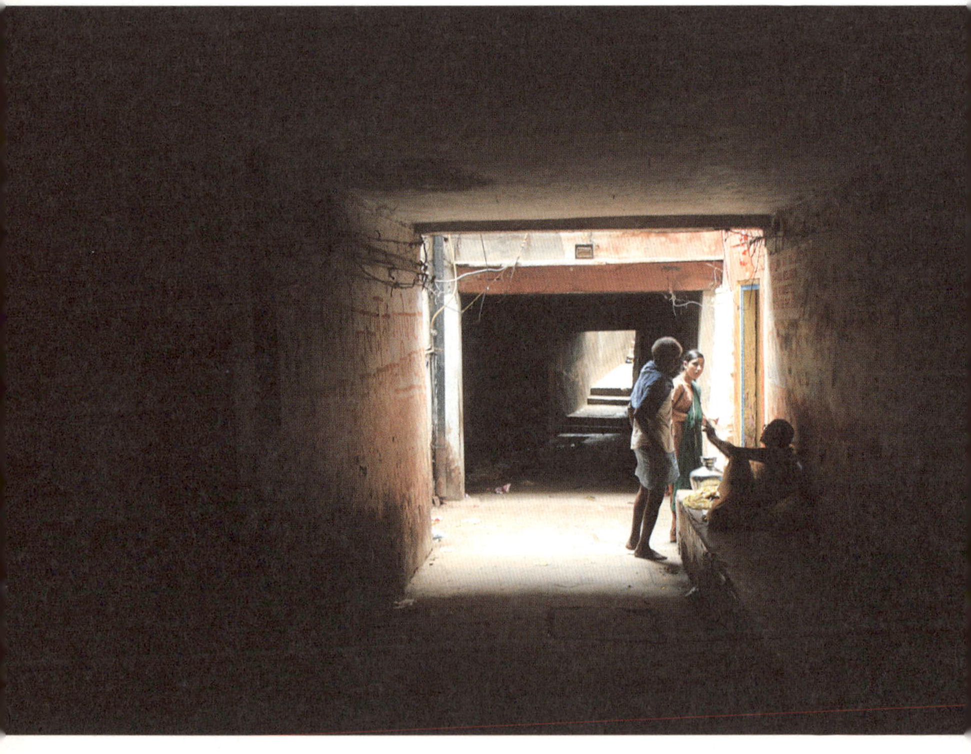

"Stay in the Hotel Reception!"

"Re… What?"

"Reception! Reception!"

태어나서 처음으로 왜 영어 공부를 해야 하는지 절감한 순간이었다. 8시간의 악몽 같은 버스길을 달려온 끝에 도착한 쿤다푸르Kundapur. 이 악물고 죽기 살기로 견뎌 간신히 도착했는데, 자원봉사 담당자는 또 리셉션으로 가라고 한다. 리셉션이 뭐지? 더 이상 한 발자국도 움직일 수 없는 상황에서 또 어디를 가란 말인가. 스스로를 절망하던 순간, 호텔 프런트에 적힌 'Reception'이라 적힌 푯말을 보고 나서야 안도의 한숨을 내쉬었다. '아~ 그냥 여기 있으라는 소리구나.' 얼마 후 바퀴 세 개 달린 신기한 오토바이(릭샤)가 나를 태우곤 십 여 분을 달려 자원 봉사자들이 머무르는 집에 데려다 주었다. 비에 홀딱 젖은 데다 똥물에 뒤범벅된 바지를 입고, 며칠 먹지 못해 피골이 상접한 나를 보더니 자원봉사자 리더 조이Joy는 진정하란 말만 10분 넘게 반복했다. 분명 외국인 난민이 들어오나 생각했을 것이다.

"나의 이름은 Leo라고 합니다. 지금 고아에서 오는 길인데, 그곳에서 나쁜 인도 사람이 내 모든 짐을 훔쳐 갔습니다. 정말 인도인은 이제 아무도 믿을 수가 없군요."

"………"

나의 자기소개가 끝나자 갑자기 분위기가 싸~해지고, 잠시 적막감이 흘렀다. 하기야 이렇게 멍청한 자기소개가 어디 있단 말인가? 게다가

두 명의 인도인을 앞에 두고 인도인은 믿을 수 없다는 막말을 아무렇게나 하다니…. 나는 몸이 아파 며칠 쉬어야겠다며 양해를 구하고 방으로 들어갈 준비를 했다. 그때였다.

"한국에서 오셨나 봐요?"

5일 만에 듣는 반가운 한국말에 귀가 쫑긋 섰다. 뒤를 돌아보자 허름한 옷차림을 하고 있는, 똘망똘망한 인상의 동양인 여자가 서 있었다.

"한국인이시군요?"

그녀는 대답 대신 살짝 미소를 지었다. 순간 나는 그녀의 품에 안겨 울고 싶어졌다. 한 3박 4일 실컷 울고 나면 조금 기분이 나아질 것 같았다.

그녀의 이름은 안미보. 이번 자원봉사 캠프 내 유일한 한국인이었다. 두 달 예정으로 떠난 인도 여행의 워밍업으로 2주간의 자원봉사를 택한 나와는 달랐다. 그녀는 애초부터 자원봉사를 위해 인도에 왔고, 그 기간도 3개월이나 되었다. 게다가 다른 나라에서도 자원봉사를 해왔다고 한다. 그녀의 정체가 궁금하기도 했지만, 당시에는 누군가에게 위로받고 싶었던 마음뿐이었기 때문에 그간의 내 이야기를 미친 듯 쉬지 않고 쏟아냈다. 울먹이는 목소리로 토해내는 앞뒤 안 맞고 정리 안 된 이야기를 그녀는 묵묵히 들어주었다.

"일단 씻고 뭐 좀 드세요. 래우 씨에게 가장 필요한 건 바로 그것이겠군요."

그녀의 말이 맞았다. 당분간은 푹 자고 잘 먹는 게 급선무였다. 몸이 더 나빠지면 병원차에 실려 한국행 비행기에 올라야한다. 나는 그런 불상사가 일어나지 않도록 이틀 동안 컨디션 회복에 주력했다.

그러나 불행히도 이곳의 음식 역시 좀처럼 먹을 수 없었다. 맛없으면 안 먹으면 그만이라는 생각으로 24년을 살아온 입버릇이 하루아침에 바뀔 수야 없지만, 그래도 상황이 자못 심각했다. 며칠 동안 아무것도 먹지 못해 죽게 생겼는데 맛과 향이 이상하다고 입에 대지도 못하다니…. 생각만 해도 웃음이 나왔다. 음식이 맛없어서 굶어죽은 한국인이라니!

"냄새가 역하시면 코를 막고라도 드세요. 무조건 먹어야 해요. 먹는 것이 힘입니다. 시들한 화초에 물과 거름을 주면 건강해지듯 아프고 지쳤을 때는 많이 먹고 푹 쉬어줘야 해요."

몇 끼니째 음식을 앞에 두고 한숨만 내쉬고 있자 미보가 한마디 거들었다. 나는 그녀가 시키는 대로 코를 막고 억지로 음식을 입에 쑤셔 넣었다. 생각은 감각을 지배한다고 하지 않든가. 때론 코를 막아도 그 역한 향이 떠올라 헛구역질을 했지만, 일단 배가 부를 만큼의 양은 채울 수 있었다. 그렇게 몇 끼를 채우고 나니 눈에 띄게 컨디션이 좋아졌다. 그리고 어느 샌가 힘이 나기 시작했다.

인도의 여행 책들을 보면 '신들의 땅'인 인도에 와서 철학을 배우고, 슬픔과 기쁨의 끝을 보고, 영혼의 울림을 듣고, 때론 자신의 전생을 체험하는 등 실로 엄청난 경험을 한다고 한다. 그러나 내가 인도에 보름 동안 머물면서 배운 첫 번째 교훈은 '죽기 싫으면 맛없어도 입

다물고 먹어라.' 였다. 사실 어린 애도 다 알고 있는 교훈이지만, 막상 직접 체험하고 나니 새롭게 느껴졌다. 평상시 소유하고 있는 것들을 제대로 인지하지 못한 채 살아왔다는 생각이 들었다.

누구나 사춘기를 넘으면서 어린애 취급을 당하면 무척 자존심 상해한다. 나도 나이를 먹고 세상을 경험하다 보니 성숙한 어른이 된 것 같고, 뭐든 다 잘 해낼 수 있을 것 같았다. 그런데 막상 한국을 떠나 낯선 땅에 서니 영락없는 어린애였다.

떠나오기 전 컴퓨터 앞에서 지도를 보며 여행 계획을 끄적거릴 때만 해도 만만해 보이던 인도가 갑자기 어마어마하게 크고 넓은 세상처럼 보이기 시작했다. 내가 가진 투정과 오만한 생각들을 버리지 않으면 인도는 결코 나를 편하게 놔두지 않을 것 같았다. 나는 실로 오랜만에 나에 대한 철저한 반성의 시간을 갖기로 했다.

세상에서 가장 소중한 사람

언제나 같은 꿈을 꾸었다. 꿈속에서 나는 호텔방에 들어와 검은색 카메라 가방을 열었다. 아니나 다를까 가방은 텅 비어 있다. 공포에 질린 나는 꼼짝없이 가위에 눌리게 된다. 컴컴한 밤에 눈만 멀뚱멀뚱 떠진 채 아무리 살려달라고 소리치고 싶어도, 아무리 울고 싶어도 밖으로 소리가 나오질 않는다.

몇 십 분 동안을 그렇게 몸서리치다가 숨을 헐떡이며 잠에서 깨어났다. 산속의 찬 공기가 온몸을 휘감았다. 인도에서 와서 처음 느끼는 추위였다. 매일 꾸는 악몽이지만 오늘은 평소보다 정도가 심한 거 같았다.

나는 쿤타푸르에서 버스로 대여섯 시간 정도 떨어진 이름 모를 산속 깊은 곳에 와 있다(나중에 그곳이 어딘지 궁금해 인도에서 가장 유명하다는 지도를 뒤져 봐도 나와 있지 않은 마을이었다). 벌써 자원봉사를 시작한 지 열흘째. 이곳에서 나의 임무는 인도의 토종 거북을 보호하는 일이었

다. 최근 인도에서는 사람들이 버린 비
닐봉지를 해파리로 착각하고 먹은 거
북들이 죽어가고 있다고 한다(거북이 해
파리를 먹고 사는지 그때서야 알았다). 그 때
문에 어떤 식으로 그 거북들을 보호할
수 있는지 자원봉사자들이 머리를 맞
대고 아이디어를 짜내고 있는 것이다.
인도인의 대부분은 환경파괴의 심각성
을 모르고 있다. 서구 문명과 함께 몰려
들어온 신소재, 플라스틱과 비닐봉지
때문에 수많은 동식물들이 죽어가고
멸종해 간다. 그 대표적인 예가 바로 바

다거북이었다. 우리는 쿤다푸르 주변의 초, 중학교를 돌면서 '바다에
비닐봉지를 버리지 마세요. 거북이 죽어요.' 라는 슬로건을 들고 청소
년들에게 경각심을 일깨워주는 일을 했다.

언뜻 들으면 매우 감동적인 봉사인 것처럼 들리지만, 조금만 더 생각
하면 어처구니없는 코미디다. 매년 수만 명이 기아로 죽어나가는 인
도에서, 그렇게 먹고 살기 힘들다는 그곳에서 토종 거북을 보호하라
니! 이건 분명 인도에 대해 책 한 번 읽어 보지 않은 멍청한 인텔리가
만들어낸 계획일 거라는 생각을 했다.

여하튼 거북의 생식 방법 따위에 대한 조언을 얻기 위해 과학자이자
프리랜서 신문 기자인 바하트Bhat라는 사람을 찾아 어제 저녁 이곳에

늘 나의 기분과 건강 상태를 물어주는 조이.
그는 자원봉사 내내 참 고마운 친구였다.

도착하였다. 식사 후 그는 자신이 바다거북을 촬영할 때 사용했던 카메라를 보여 주겠다며 보물 다루듯 카메라를 금고에서 꺼냈다. 오랜만에 보는 FM2와 28-80 렌즈였다. 얼마 전 잃어버린 카메라 생각이 났다. 평소 어떤 카메라를 쓰든 열심히 정성껏 찍으면 된다는 생각을 가지고 있던 나였지만, 가격이나 기능면에서 내 카메라에 비할 바가 못 되었다.

사진기를 보자 조이는 이야깃거리가 생겼다는 듯 말을 꺼냈다.

"이 친구가 사진 찍는 것을 좋아하는데 말이죠…." 조이는 너무나 가볍게 나의 바보 같은 카메라 사기 사건에 대해 늘어놓기 시작했다. 그러나 남을 통해서 듣는 나의 쓰라린 슬픔은 결코 가벼울 수 없었다. 애써 깊은 곳에 묻어둔 고통을 다시 한 번 끄집어내 상처를 건드리는 꼴이었다. 고통스러웠다. 정말이지 너무나 고통스러웠다. 잠자리에 누워서도 계속 우울하고 잠도 잘 오지 않더니 꿈속에도 나를 괴롭혔다. 새벽녘 가위에 눌린 것도 그 탓인 듯했다.

아침에 일어나니 영 몸 상태가 좋지 않았다. 코끝이 찡한 게 감기 기운도 있었다. 아침부터 시무룩해진 날 보고 조이가 다가와 걱정스러운 듯 위로의 말을 건넸다.

"Leo, 들어봐. 나도 8천 루피(약 20만 원)를 잃어버린 적이 있어. 그 후 세 달 동안이나 잃어버린 돈 때문에 잠을 잘 수 없었어. 죽고 싶을 정도로 하루하루가 불행했지. 그런데 시간이 지나니까 이런 의문이 들더라. '나에겐 가족이 있고, 매일 밤 잘 수 있는 집이 있는데 왜 이렇게 불행해야 한단 말인가?' 너 역시 돌아갈 집이 있고 행복한 가족이 있잖아. 모든 것이 No problem이야. 너 역시도 언젠간 그것을 느끼게 될 거야. 그리고 그것은 카메라하곤 비교도 할 수 없는 큰 가르침이 될 거야."

매사 나의 기분과 건강 상태를 물어 주는 조이는 자원봉사 내내 참 고마운 친구였다. 그의 충고가 나의 괴로움을 좀 덜어주나 싶었지만, 약발이 오래 가지 못했다. 루피로 환산한다면 얼마쯤 될까? 200만 원 쯤 되니까 9만 루피? 그럼 조이가 잃어버린 돈의 10배가 넘잖아! 그럼 나는 무려 30달 동안 괴로워해야 그 깨달음을 얻을 수 있는 건가? 나의 고통은 단순히 돈만의 문제가 아니었다. 2년 내내 나의 삶과 같았던, 친구와 같았던 카메라를 잃어버린 기분을 Joy가 이해할 리 없다고 생각했다.

그곳에서의 일정을 마치고 다시 쿤다푸르의 숙소로 돌아가는 6시간
의 버스 여정은 며칠 전 카메라를 잃어버리고 고아를 떠나던 그때의
괴로움을 되돌려 놓기에 충분했다. 시간이 흐를수록 몸과 마음은 더
더욱 아파 왔고, 눈에만 담아두기엔 너무나 아름다운 풍경들이 스쳐
갈 때마다 잃어버린 카메라가 눈앞에 아른거렸다.
인도에 많이 적응되었다고 생각했지만, 역시나 장시간의 버스 여정
은 너무나 견디기 힘든 고통이었다. 3년이 지난 지금도 그때 버스에

오랜 여행을 하면 평상시 잊고 살았던 것들의 소중함을 알게 되고,
여행에서 돌아오면 그 소중한 것들은 순식간에 당연한 것이 되어버리고 만다.
그리워지는 건 오히려 힘들었던 여행의 기억들이다.

서의 고통을 기억한다. 그래서 그 후 인도를 여행할 때도 장거리 버스는 타지 않는다. 아니 두려워서 탈 수가 없다.

고통을 상기시켜 주었던 버스는 해가 질 무렵 숙소 앞에 멈췄다. 우리는 저녁 끼니를 때우기 위해 이름 모를 식당에 들어갔다. 음식을 먹으려 했지만 도저히 넘어가질 않았다. 이번엔 음식 맛과 향의 문제가 아니었다. 답답하고 숨이 막혔다. 진정 나의 고통을 이해해 주고 걱정해 주는 누군가의 목소리가 듣고 싶었다. 가장 먼저 생각난 건 엄마의 목소리. 아무리 성인인 척 해봐야 난 아직 덜 자란 아이에 불과했다.

"얌마! 남자 놈이 소심하게 고작 카메라 하나 잃어 버리고 징징 짜냐? 카메라야 또 사면 되잖아. 돈 없으면 엄마가 사줄 테니 여행이나 재밌게 하고 돌아와!"

울먹거리며 붙잡은 전화기에서 들려온 건 대장부 같은 엄마 목소리였다. 분명 어제 누나와의 통화에선 내 걱정에 매일 밤잠을 설친다고 들었는데, 어찌나 씩씩하시든지. 애써 태연한 척 아무 일 없다는 듯 말하시는 모습이 눈에 선했다. 오랜만에 들은 엄마의 목소리에 쪼그라들었던 가슴에 산소가 채워졌다. 살 것 같았다.

오랜 여행을 하면 먹고 싶은 것들의 이름이 머릿속을 끝없이 맴돌고, 평소엔 얼굴조차 마주치기 힘든 사람들의 소중한 이름이 수없이 떠오른다. 그러나 막상 집에 돌아오면 그 '소중한 것'들은 순식간에 '당연한 것'이 되어버리고, 그리워지는 건 오히려 힘들었던 여행의 기억들이다. 그렇듯 우리는 순간순간 소중한 것을 잊고 살고 있는지 모르겠다. 참 어리석은 동물이다.

우리가 순간의 소중함을 만끽할 수 있다면 언제나 웃고 행복할 수 있을 텐데. 티베트의 영적 스승인 달라이 라마는 우리가 우리 삶에 만족하지 못하는 이유는 지금 가지고 있는 것을 망각하고 있기 때문이라 말했다. 조이가 아침 나에게 하고 싶었던 말도 바로 그것이 아니었을까.

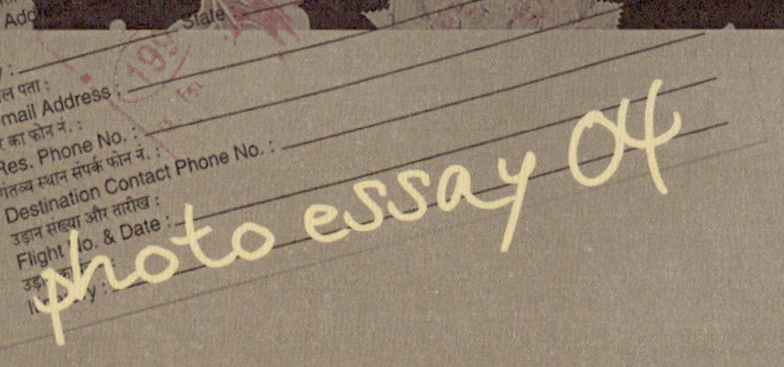

엄마 찾아 삼만리

photo essay 04

엄마를 찾아주세요

story 9
인도를 연주하다

“우리는 삶이 우리에게 주는 거친 파도들을
막을 수는 없지만,
그것을 멋지게 타는 법을 배울 수는 있다.”

자원봉사를 시작한 지 2주. 유해 환경으로부터 거북을 보호하는 봉사활동이 끝났다. 원래 계획대로라면 자원봉사 후 바로 인도 전역을 돌면서 여행하는 것이었으나, 막상 떠나려니 두렵기도 하고 마음 한 구석이 몹시 허전했다. 조금 익숙해지는 이곳을 떠나 낯선 지역으로 여행하는 것이 도무지 탐탁하지 않았고 무엇보다 봉사활동을 하러 인도에 왔는데, 그 내용이 영 만족스럽지 못했다. 내가 원한 자원봉사는 거북이나 구하는 게 아니었다. 누군가에게 실질적인 도움을 주고 싶었다.

그러던 참에 이틀 전 미보가 일하고 있는 장애인 학교를 잠깐 찾아갔었다. 턱없이 일손이 부족했고, 미보 역시 며칠만이라도 도와주었으

면 하는 눈치였다. 나는 여행을 줄이더라도 봉사활동을 좀 더 하는 것이 좋겠다고 생각하고 몇 주간 이곳에 더 머무르기로 했다.

나처럼 2주 봉사활동을 계획한 다른 친구들은 내일이면 고국으로 돌아가거나 아니면 다른 곳으로 여행을 떠나게 된다. 2주간의 짧은 시간이긴 했어도 친해질 대로 친해진 자원봉사자들은 며칠 전부터 바다 여행을 계획했고, 떠나기 전날인 오늘 근처의 해변으로 여행을 왔다. 끝없이 펼쳐진 하얀 백사장과 수많은 코코넛 나무, 수채화 그림을 연상케 하는 아름다운 하늘, 에메랄드 빛 바닷물. 2주 전 라즈쿠마와 함께 백사장에 앉아 노을을 보며 담소를 나누던 인도의 그 바다는 여전히 아름다웠다.

바다와 비를 좋아하는 난 어릴 때부터 물속엔 영혼이 있다고 믿어 왔다. 그리고 인도 바다 속 영혼과 대화하기 위해 도착하자마자 망설임 없어 바다로 뛰어 들었다.

나는 태어나서 그렇게 큰 파도를 본 적이 없다. 내 키의 두 배는 족히 되어 보이는 파도가 한 번 일 때마다 물속에서 2~3바퀴를 뒹굴어 해변으로 밀려났다. 잔잔하고 투명해 물속 깊은 곳까지 보이는 줄만 알았던 인도 바다에 대한 상상은 순간 물거품처럼 부서지고 말았다.

처음으로 마주한 인도의 바다는 몇 년 동안 상상했던 것과 너무 달랐다. 고요하고 아름다우며 차분한 여성의 이미지와는 달리 원시적이었고 거칠었다. 화가 났다. 너무나 화가 났다.

도대체 인도, 당신은 뭐란 말인가? 인도에 온 이후로 제대로 풀린 일이 하나도 없었다. 나는 인도를 위해 나의 처녀성을 바쳤다. 얼마나 많은 준비와 설레는 가슴을 안고 한국을 떠나왔는데… 그런데 돌아온 것은 아름다움이나 감동은커녕 끝없는 슬픔과 배신감, 그리고 거센 파도가 주는 아픔이었다.

생각할수록 더 화가 났다. 목이 터져라 고래고래 소리를 지르며 거친 파도와 맞서 싸웠다. 파도를 향해 주먹질하고, 발길질하고, 박치기했다. 있는 힘껏 파도와 맞섰지만 그럴수록 더더욱 거칠게 나를 모래사장으로 던져버렸다. 그 거친 파도 앞에서 나는 티끌만도 못한 작디작은 존재였다.

얼마나 시간이 지났을까? 어느 샌가 나는 탈진한 채로 멍하니 모래사

장에 누워 하늘을 바라보고 있었다. 하늘이 무척이나 아름다웠다. 눈물과 범벅이 되어 하늘은 황금색으로 젖어가고 있었다.

'만약 신이 있다면, 그는 나에게 무엇을 말하고 있는 걸까? 이 고통을 통해 무엇을 배우라고 하는 걸까?

신은 내 스스로 모든 것을 내려놓을 때까지 그 답을 주지 않았다. 아니 이미 나와 있는 답을 알아채지 못한 것이다. 파도와 맞서려는 생각을 다 버리고 나서야 알 것 같다.

언제나 그렇듯 불행은 너무나 당연한 듯 찾아온다. 인도에서 머무르는 20일 동안 '왜 하필이면 나에게 이런 일이…' 라는 생각만을 반복

하며 나의 무지함과 나약함을 탓했다. 그리고 그 생각은 언제나 나를 슬프고 고통스럽게 만들었다. 하루도 악몽을 꾸지 않는 날이 없었다. 그러나 그것은 인도인들이 자주 말하는 것처럼, 이미 정해져 있던 신과의 약속일지도 모르겠다. 적어도 인도에 있는 동안 일어나는 모든 일은 신의 섭리며, 그것이 그의 뜻이라면 그대로 받아들이는 수밖에 없다.

문득 며칠 전 읽은 《미래에서 온 편지》의 한 구절이 떠올랐다.

"우리는 삶이 우리에게 주는 거친 파도들을 막을 수는 없지만, 그것을 멋지게 타는 법은 배울 수는 있다."

그렇다. 인간은 전지전능하지 않기에 불현듯 찾아오는 불행의 파도를 미리 알고 막을 수는 없다. 그러나 멋지게 타는 법은 배울 수 있다. 나는 다시 일어나 바다를 향해 천천히 걸어 들어갔다. 그리고 파도가 치는 방향으로 자연스레 몸을 맡겼다. 방금 전까지만 해도 성난 사람마냥 덤비던 파도는 언제 그랬냐는 듯 부드럽게 내 몸을 감싸 안아주었다.

갑자기 신이 났다. '젠장, 이렇게 쉽지 않은가? 파도를 멋지게 타는 방법은…'

나는 파도 속에서 정신 나간 사람처럼 덩실덩실 춤추며 노래 부르기 시작했다. 파도는 내 춤사위에 맞춰 출렁거려 주었고, 하늘은 오색빛깔로 물들며 나의 춤사위를 붉게 비추어 주었다. 나는 오랫동안 인도의 파도와 춤을 추었다. 그리고 한동안 나의 잠을 설치게 했던 슬픔과 분노는 그 리듬에 맞춰 조금씩 밖으로 새어나갔다.. 해가 바다 밑으로 빨려 들어가 암흑이 올 때까지 그 춤은 계속되었다.

그날 밤 달콤한 꿈을 꾸었다. 꿈속에서 나는 한 인도 여성을 만났다. 거칠고 검게 그을린 그녀는 다른 인도인들과 마찬가지로 손과 발에 각종 고생의 상처들과 굳은살로 가득했다. 그러나 세상 누구보다도 아름답고 맑은 눈을 가졌으며, 사리에 감춰져 보일 듯 말 듯한 속살은 바라보는 내내 나를 어지럽게 흥분시켰다.

우리는 코코넛 나무가 아름답게 펼쳐진 해변에서 조용하지만 거칠게 춤을 추었다. 바닷바람은 그 동안 풀이 죽어 있던 나의 영혼을 어루만져 주었고, 파도는 우리 둘이 같은 박자에 춤을 출 수 있도록 음악을 만들어 주었다. 세상의 모든 만물과 함께 우리는 인도를 연주하였다. 첫 몽정만큼이나 이상하지만 황홀한 꿈이었다. 파도에 맞서 지쳐버린 몸은 20일 만에 처음으로 깊이 잠들 수 있었다. 인도에서 처음으로 악몽 없이 보낸 밤이었다.

믿음이란 아직 어두운 새벽에 노래하는 새와 같다
– 타고르

"the world is a book and
those who do not travel real only page."
–Saint Augustine

Playing India

나는 지금 3년이 넘도록 인도와 사랑에 빠졌다.
어디를 가든 인도에서의 기억은 나와 함께였고,
언제나 그 생각에 나의 가슴은 쉴 새 없이 뛰었다.
때론 그 미친 듯한 인도에의 집착이 내 생활을
마구 뒤엉켜 놓기도 했다.

엉망진창, 시끌벅적 정신없는 놀이터
그리고 그곳에서 펼쳐지는
내 인생 최고의 축제
세상에서 가장 즉흥적인 연주
Playing India!

UDAIPUR

story 1
우리는 하나

빛과 희망이라 불리는 그 장애학교에서 내가 처음 본 것은 희망이 아닌 절망이었다.
애초부터 그 학교엔 희망 따윈 존재하지 않는 것처럼 보였다.

인도 중남부에 위치한 카르나타카Karnataka 주의 작은 도시 쿤다푸르 Kundapur. 그곳에서 버스를 타고 산속으로 30분쯤 달리면 수풀에 덮여 보일 듯 말듯 숨어 있는 작은 학교가 나온다. 그 곳의 이름은 마나사 조티Manasa Jyothi Dumb&Deaf Disabled Society, 빛과 희망이라 불리는 장애학교였다.

'희망이란 무엇이고, 인간에게는 희망이란 어떤 의미일까?'

2004년 처음으로 자원봉사를 시작할 당시만 해도 그런 진지한 질문에 대답할 만큼 생각이 깊지 않았다. 그저 자원봉사라는 거 한 번 해볼까? 하는 가벼운 마음으로 미보를 따라 그 학교로 향했다.

그리고 그 학교에서 처음 본 건 애석하게도 희망이 아닌 절망이었다. 희망이 무엇인지는 잘 모르겠지만, 그 학교에는 애초부터 그런 것 따위는 존재하지 않아 보였다.

부끄럽게도 나는 처음 장애 아이들과 마주했을 때 심한 현기증과 불쾌감을 느꼈다. 침을 질질 흘리고 이상한 소리를 내는 아이들이 굶주린 짐승처럼 보였고, 인도 어디에서도 맡아 보지 못한 고약한 냄새가 아이들의 몸에서 진동하였다.

'어떻게 같은 시대, 같은 하늘 아래에서 살면서 이렇게 다른 삶을 살 수 있을까?'

그곳은 희망의 학교가 아닌 절대적인 절망의 학교였다. 불모지 같은

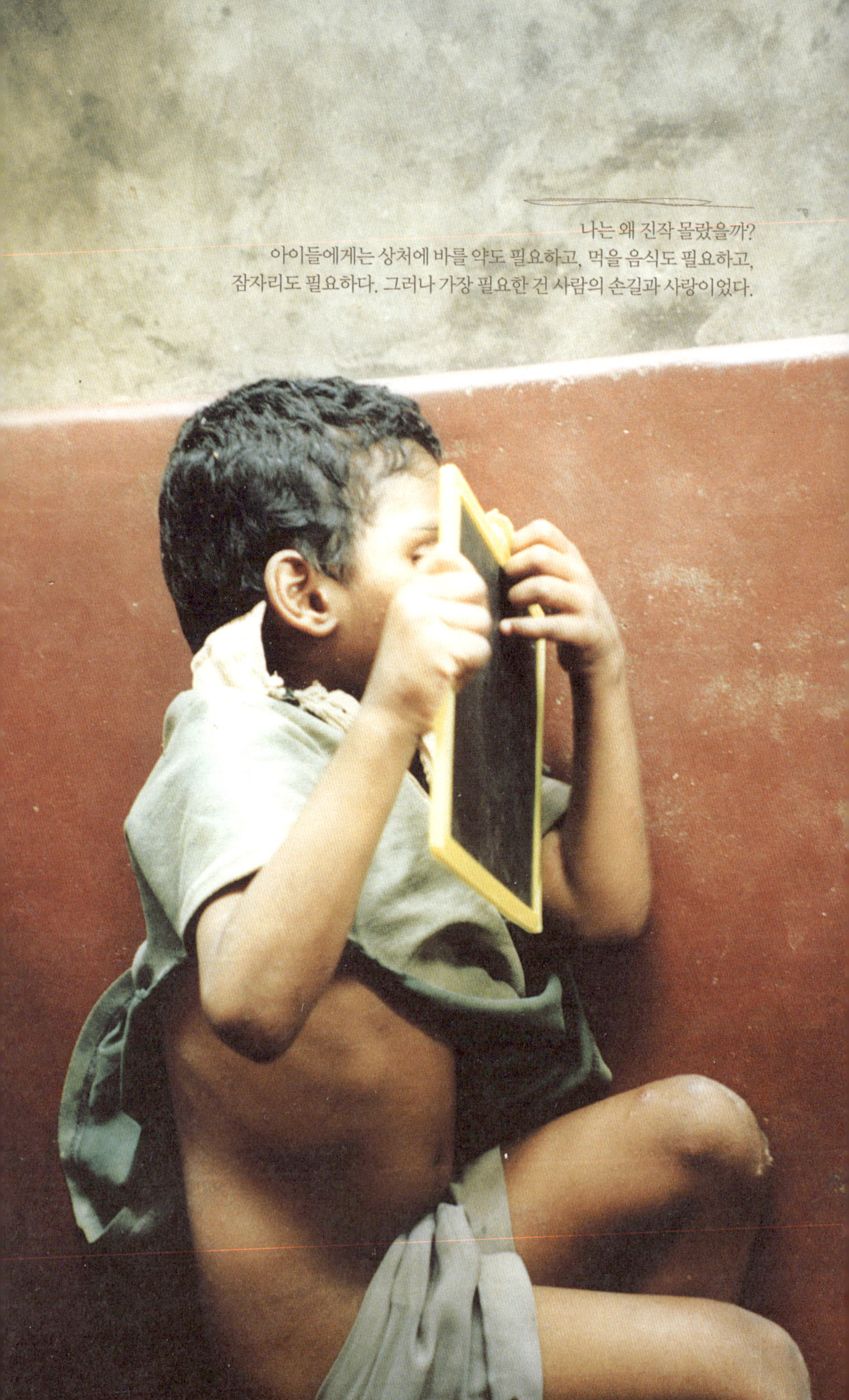

나는 왜 진작 몰랐을까?
아이들에게는 상처에 바를 약도 필요하고, 먹을 음식도 필요하고,
잠자리도 필요하다. 그러나 가장 필요한 건 사람의 손길과 사랑이었다.

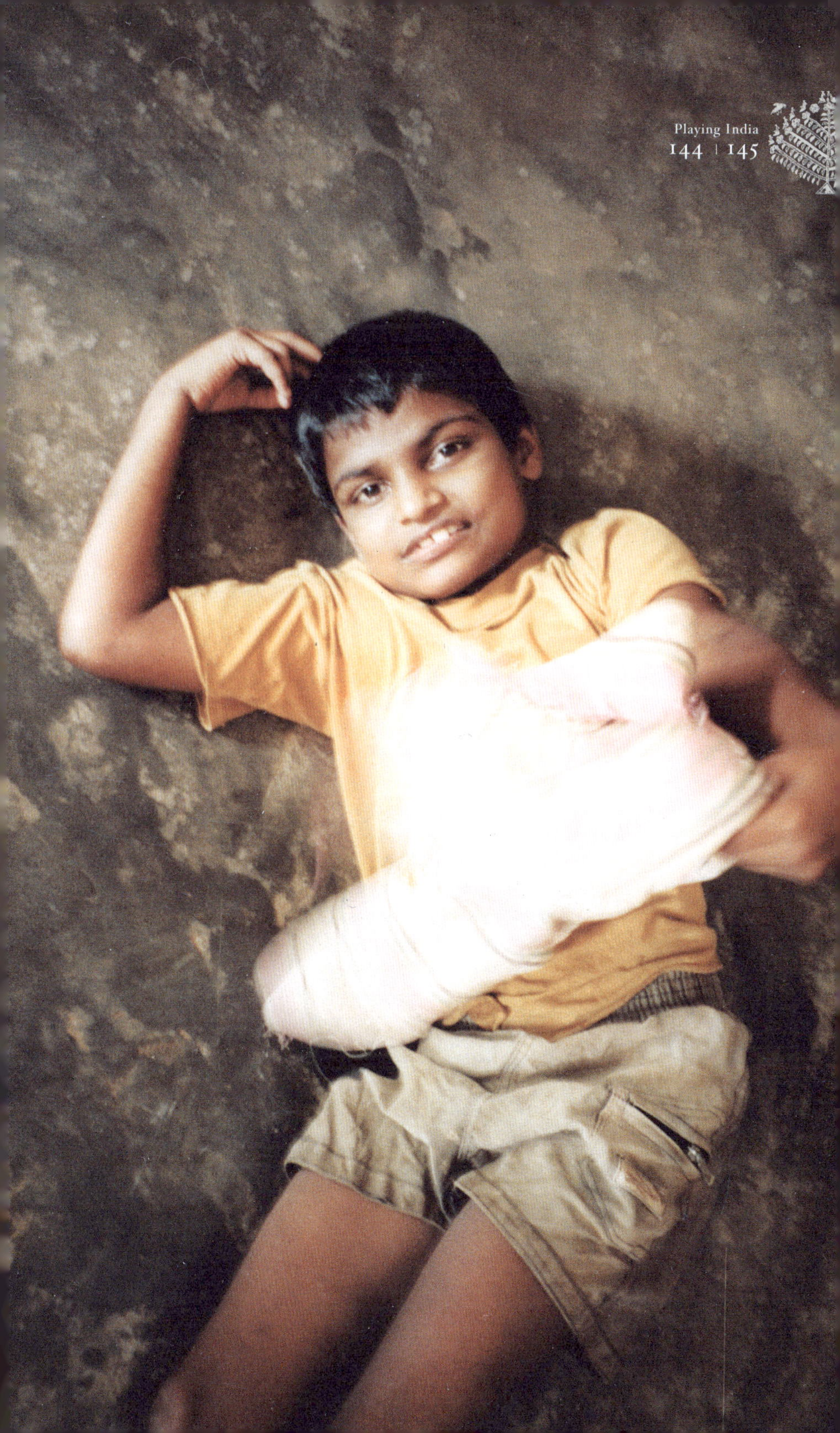

이곳에 자원봉사 단체는 무엇을 기대하고 우리를 보낸 것일까 하는 의문이 들었다.

자원봉사를 온 많은 사람들이 이런 절망을 보고 감정을 억제하지 못해 눈물을 흘리고 간다. 나는 그런 사람들을 보며 쓸데없는 감정 낭비를 하고 있다고 생각했었다. 애써 아이들과 내가 같은 인간이라는 시각으로 그들을 대하려 했지만, 아이들은 나와 완벽히 다른 세상에서 살고 있었고, 그런 존재를 상대로 슬퍼하거나 불쌍하다는 생각을 하는 것은 에너지 낭비라고 생각했다. 그래서 아이들을 안아주거나 같이 놀아주는 것도 되도록 피했다. 어차피 한 달 후면 떠날 몸인데 그런 애정 표현이 무슨 소용이 있으랴. 난 철저히 감성을 비우고 실용적인 생각만 하기로 했다.

'무엇을 해주고, 어떻게 해주면 아이들의 생활에 도움이 될까?'

내 머리는 많은 아이디어로 바쁘게 돌아갔다. 아무것도 없는 이 절망이라는 공간에서 내가 배웠던 지식은 분명 가치 있게 쓰일 것 같았고, 지갑 속의 얼마 안 되는 돈이 그들을 좀 더 인간답게 살게 해줄 것 같았다. 왠지 할 수 있을 것 같았다. 나로 인해 그들이 조금은 달라질 것 같았다. 지금 생각해 보니 그것이 내 인생에서 처음으로 희망이라는 걸 느낀 순간이었던 것 같다.

학교 앞에 무수히 나 있는 가시 풀을 베어내어 아이들의 발에 나는 상처를 없애주었고, 걷지 못하는 아이 레시마를 위해서는 오랜 계획과 조사 후에 목공소에 들러 걷는 기구를 만들어주었다. 왠지 나의 노력이 그들에게 적지 않은 도움이 될 것 같았다. 그런데 이상하게 내 예상은 계속 빗나갔다. 밖의 가시 풀을 베어내니 학교 안으로 개미가 몰려 들어와 말썽이었고, 레시마에게 만들어준 기구는 빨래대로 더 유용하게 쓰였다. 비상용으로 가져온 각종 연고와 반창고는 순식간에 동이 났고, 새로 구입한 것 역시 며칠 가지 못했다. 이곳에는 좀 더 많은 돈과 시간과 인력이 필요했다.

'난 도대체 20년 동안 학교에서 뭘 배운 걸까? 그리고 이곳에서 내가 한 달 동안 열심히 노력한들 아이들의 인생에 무슨 보탬이 될까?'

이런 생각이 들자 아무것도 하기가 싫어졌다. 다른 봉사자들이 온들 뭐가 달라지겠는가? 병원을 빌려 18명의 아이들을 다 집어넣고 몇 년씩 치료하기 전엔 희망은 없어 보였다.

그 무기력함은 날이 갈수록 심해졌다. 세상에는 모르고 사는 게 속 편한 일이 많다. 어설프게 그들을 돕고 경험이나 얻어 보자는 생각이나, '아~ 내가 정말 이렇게 살지 않아서 다행이야. 한국에서 태어나길 잘했어.' 라며 건방을 떨기엔 이곳의 상황은 너무나 절망스러웠다. 그냥 여행이나 할 걸 그랬다. 사실 이 인도라는 나라에선 내 한 몸 챙기기도 버거웠다.

그렇게 절망의 공간을 마음속에서 떠나보내려고 했을 때, 눈에 들어온 건 미보의 모습이었다. 그녀는 묵묵히 자기 아이인 양 장애 아이들을 따뜻하게 안아주고, 아이들 한 명 한 명의 이름 불러주었다. 처음엔 그녀의 그런 모습이 바보 같아 보였고, 헛수고라는 생각이 들었다. 그렇게 해줘 봐야 아이들의 미래는 달라지지 않는다고 생각했다.

하지만 시간이 갈수록 내가 아이들에게 해줄 수 있는 건 사랑을 나누

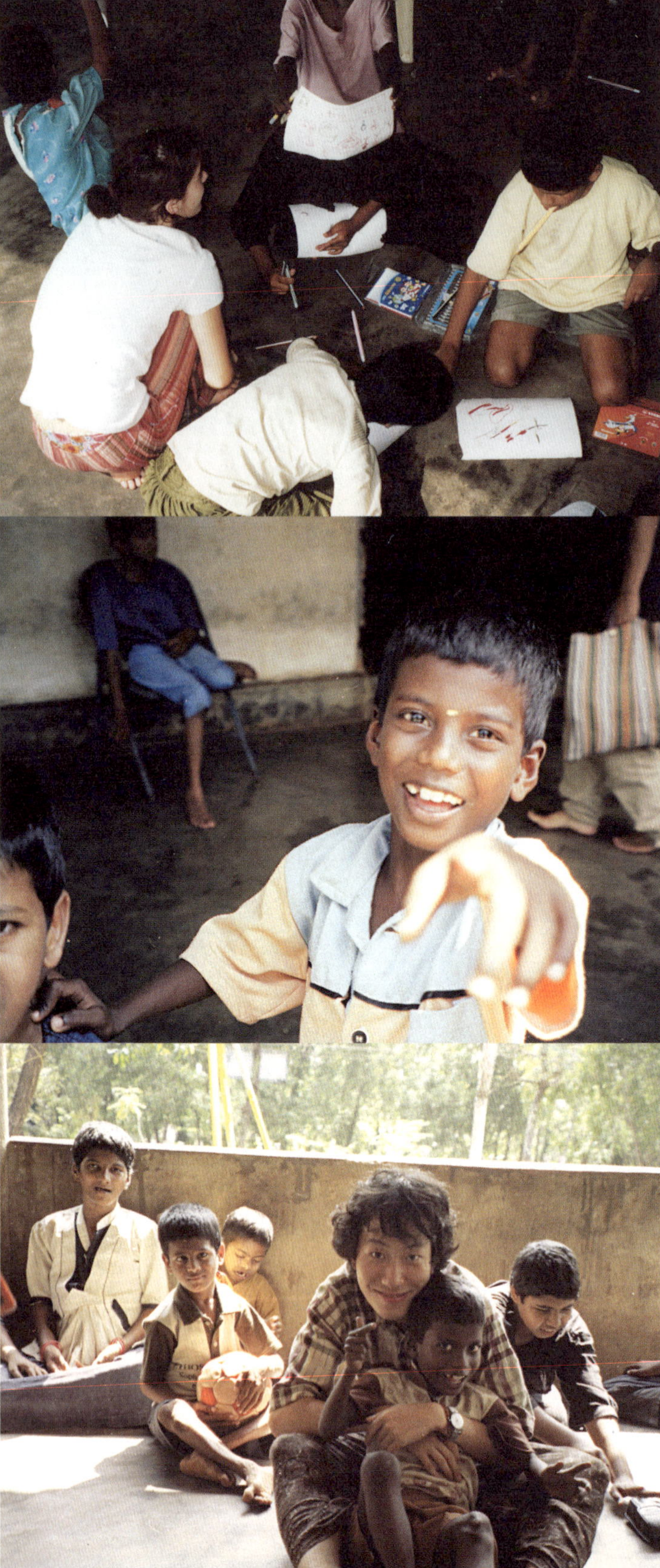

어 주는 것밖에 없음을 깨닫게 되었다.

힌두교에서 장애라 함은 전생의 업보가 현세에 나타난다는 것을 뜻한다고 한다. 그런 이유에서 부모들에게 버려진 아이들. 나는 왜 진작 몰랐을까? 아이들에게는 상처에 바를 약도 필요하고, 먹을 음식도 필요하고, 잠자리도 필요하다. 그러나 가장 필요한 건 사람의 손길과 사랑이었던 것이다.

무기력하다고 느낄수록 아이들을 더 사랑하라고 말해 주던 미보. 그녀의 충고에 좀 더 아이들과 가까워지려 노력하고, 사랑하는 마음을 가지려고 노력했다.

그렇게 자원 봉사를 이어가던 어느 날, 처음으로 장애 아이를 가슴에 꼭 안은 일이 생겼다. 아루나라는 이름의 귀머거리였다. 절대 감성적으로 대하지 않겠다던 내가 아이를 왜 안았는지는 여전히 모르겠다. 나를 잘 따라서인지, 귀여워서인지, 그건 중요하지 않았다. 아루나는 내가 번쩍 들어 꼭 안아주자 기쁜지 마구 고함을 질렀다. 말을 할 수 없는 아이었지만, 그 아이가 행복해함을 고스란히 느낄 수 있었고, 나 역시도 이유 모르게 행복했다. 아이의 심장 뛰는 소리와 체온, 그리고 사람 냄새.

우리는 다 다르다. 가진 것도 다르고 사는 곳도 다르며 먹는 것도 다르다. 하지만 이렇게 안고 있는 순간에 느끼는 행복은 '우리는 하나'라는 것이었다.

'우리는 하나예요. 그러나 같지는 않죠. 그러기에 서로를 더 보살펴 줘야 해요.' 라고 노래하던 아일랜드 밴드 〈U2〉의 보컬 보노의 말이 가슴에 와 닿았다. 세상 속에서 우리는 절대적으로 같지 않았지만 같이 울고 웃을 수 있는 우리는 하나의 생명이었다.

그렇게 2004년 10월부터 11월까지 매일 오가던 장애학교 마나사 조티. 버스가 오고 학교에 도착할 때 우리를 부르던, 미친년 지랄하듯 소리치던 아이들의 목소리가 귓가에 맴돈다. 그것은 사랑을 갈구하는 애처로운 울부짖음이었다.

한국에 돌아와서 나는 꽤나 오랫동안 그 울부짖음이 귀에 맴돌아 불면증에 시달려야 했다. 그리고 2005년과 2007년 그 울부짖음을 찾아 '빛과 희망의 학교' 마나사 조티를 다시 찾았다. 그 동안 많은 자원 봉사자들이 그곳을 거쳐 갔지만 정작 아이들의 삶과 미래는 별로 달라진 게 없었다. 하지만 아이들의 표정은 전보다 훨씬 밝아졌고, 심지어는 활짝 웃는 아이들도 있었다. 전에는 볼 수 없었던 모습들이다. 몇 년 동안 자원 봉사자들이 거쳐 가면서 뿌린 사랑의 씨앗이 아이들의 눈 속에 피어난 듯했다.

뭐든 다 안 될 것 같았던 이 불모지의 삶에 가장 소중한 사랑의 꽃이 피어난 것을 보고 나는 예전의 나를 뒤돌아보며 반성의 시간을 가졌다. 손으로 만지고 이름을 불러주고 안아주는 사랑의 소중함을 깨닫게 해준 아이들. 아마 그것이 우리 인간에게 가장 필요한 희망일 것이다.

우리는 하나예요. 그러나 같지는 않죠.
그러기에 서로를 더 보살펴줘야 해요.

하나의 생명, 하나의 사랑.

우리는 하나지만 서로 다르지요. 그래서 서로를 이끌어줘야 해요.

–U2의 〈ONE〉 중에서

사실 아이들에 대한 글을 쓰면서 몇 번을 지우고, 몇 번을 다시 쓰면서 얼마나 울었는지 모른다. 사랑이고, 희망이고, 절망이고, 뜬구름 잡는 이야기를 잔뜩 늘여놔 봤자 어차피 그것은 가진 자만 말할 수 있는 오만이었고, 내가 아이들에게 해준 것도, 해줄 수 있는 것도 없었다. 인도를 갈 때마다 잠깐이라도 그 학교에 들러서 아이들을 안아주고 손잡아주는 것이 내가 할 수 있는 전부였다.

당신은 너무나 아름다운 나의 여신

당신은 너무나 아름다운 나의 여신

"걱정 마! 모든 것이 잘 될 거야. 신은 언제나 당신 곁에 있으니깐…"

기차에서 만난 그녀가 헤어지기 직전 한 말이다. 나는 신을 믿지 않는다. 그러나 세상 만물은 설명할 수 없는 어떠한 인연에 의해 묶여 있고, 그것은 불가사의한 힘에 의해 이끌려지는 것이 아닐까 하는 생각을 종종 했다.

인도 사상에 따르면 세상에 일어나는 모든 일은 신의 섭리다. 내가 인도에 오고, 라즈쿠마를 만나 사기를 당하고, 기차에서 기적같이 살아서 이렇게 글을 쓸 수 있는 것은 이미 수천 년 전부터 몇 천만 번의 카르마(Karma:업)를 거쳐 신에 의해 정해져 있었던 것이다. 또한 그녀들을 만나기로 한 오늘 아침, 어젯밤만 해도 감자만한 비가 쏟아지던 뭄바이Mumbai에 따뜻한 햇살이 스며드는 것도….

'그녀들은 뭐하는 사람들일까? 몇 살일까? 가족 형제들은 어떻게 될까?'

한 달 넘게 인도에 있는 동안 매일 밤 그녀들을 떠올렸다. 주머니에는 비에 젖을까봐 비닐봉지로 쌓아둔, 그녀들의 전화번호가 적힌 신문 조각이 소중한 보물처럼 들어 있었다. 매일 그 신문 조각을 만지작거리던 나는 결국 그녀들을 만나러 한 달 뒤 뭄바이를 다시 찾았다.

"제가 지금 바쁘니 호텔 전화번호를 남겨 주시겠어요? 나중에 전화 드릴게요."

나는 길을 잃을까 들고 나온 호텔 명함에 적힌 전화번호를 또박또박 불러주었다. 첫사랑과의 전화 통화처럼 약간 들뜬 듯 가볍게 떨리는 내 목소리와는 달리 그녀의 목소리는 사무적이고 무뚝뚝했다. 나는 전화를 내려놓기가 무섭게 호텔로 향하고 있었다. 원래는 하루 종일 쇼핑을 할 생각이었지만, 언제 올지 모르는 그녀의 전화를 받기 위해 난 모든 것을 포기하고 호텔로 바로 복귀했다.

그러나 하루 이틀이 지나도 연락은 오지 않았다. 밖에 나가지도 않고 꼬박 이틀을 호텔 안에서 전화 오기만을 기다렸다. 자다가도 벨소리만 울리면 벌떡 일어나 프런트로 달려가서 "내 전화입니까?"를 연신 물어보았다. 호텔지기는 고개를 흔들며 대체 무슨 전화를 기다리기에 하루 종일 안절부절 못하냐고 되물었다.

여행까지 포기하며 오지도 않는 전화를 꼬박 이틀이나 기다리는 내가 바보 같기도 했지만 그만큼 그녀들과의 재회는 인도여행에서 무엇보다도 소중했다. 인도에 와서 가족과 음식의 소중함을 알게 되고, 슬픔을 극복해 인도를 연주할 수 있게 된 것도 그녀들의 도움 없이는 불가능했다. 만약 그 기차에서 그녀들을 만나지 못했다면 나는 인도 어딘가에서 아직도 정처 없이 헤매고 있을지 모를 일이다.

나는 매일 잠자리에 들면서 인도를 떠나기 전 꼭 그녀들을 찾아가 감사의 말을 전하겠다고 다짐해 왔다. 그러나 신은 그 기회를 주고 싶지 않았는지 끝내 기다리는 전화는 오지 않았다. '그녀들의 바쁜 일상을 방해해선 안 돼. 책에서 읽은 적이 있는데 인도는 매우 폐쇄적인 나라잖아. 아마 집안 남자들이 나랑 만나는 걸 금지시켰을지 몰라. 또한 이렇게 만나지 못하고 그냥 떠나는 것도 이미 신에 의해 정해진 일인지 모르니 너무 아쉬워하지 말자.'

18
CHAPEL
RD

전화만 꼬박 기다린 지 삼 일째 되던 날, 나는 그렇게 스스로를 설득했다. 그리고 호텔을 나와 라자스탄Rajasthan으로 가는 다음날 열차 티켓을 예매했다.

오랜만에 나온 뭄바이 시내는 한 달 전보다 더 북적이고 많은 여행자들로 가득했다. 날씨도 선선해지는 게 아마 여행시즌이 된 모양이다. 거리는 온통 요란한 장신구와 신기한 물건을 팔기 위해 나온 장사꾼들로 가득했다. '이것이 뭄바이구나' 하는 탄성이 절로 나올 만큼 거리는 에너지가 넘쳐흘렀다.

그러나 조금도 신나거나 흥분되지 않았다. 마음속엔 그녀들을 만나지 못한 아쉬움만이 가득했다. 나는 어깨가 축 처진 채 호텔로 돌아와 기계적으로 짐을 꾸리곤 다음날 있을 장거리 이동을 위하여 일찌감치 잠자리에 들었다. 그러나 아무리 잠을 청해도 잠을 이룰 수 없었다.

'당신들을 꼭 만나고 싶은데… 그리고 직접 만나 '꼭' 고맙다는 말을 전하고 싶은데….'
이런 생각이 머릿속을 맴도는 날은 어김없이 밤을 꼴딱 새곤 했다.
오늘밤도 머릿속 가득 그 생각뿐이었다. 그때 나는 확신했다. 이렇게 뭄바이를 떠난다면 여행 내내, 아니 평생을 후회하리라.
난 옷을 주섬주섬 주워 입고 전화박스를 찾았다. 그때가 밤 11시, 무례한 줄 알면서도 그녀의 집으로 전화를 걸었다. '띠리링! 띠리링!'
전화 연결음이 내 소심한 가슴을 자극했다. 중간에 끊을까도 생각했지만 '정말 고마웠고, 내일 뭄바이를 떠난다.'는 간단한 말만은 전해야한다는 생각에 그녀의 목소리가 나올 때까지 수화기를 꼭 잡고 있었다. 물론 마음 같아서는 감사의 전화가 아니라 그녀의 주소를 알아내어 조그만 선물과 편지도 보내고 싶었다.

"도대체 어디 있었던 거예요?"

한참 만에 전화를 받은 그녀의 목소리에는 반가움과 원망이 뒤섞여 있었다. 상황인즉, 내가 불러준 전화번호가 잘못되어서 3일 동안 뭄바이 시내에 있는 수많은 호텔에 전화를 하며 나를 찾았다는 것이다. '오! 인도의 신 크리슈티나여! 난 당신이 이런 기회를 줄 줄 알았어.' 순간 내 머릿속을 스쳐간 '신'이라는 단어가 우스웠지만, 그 순간만큼은 그렇게 신을 믿고 싶을 만큼 기뻤다. '다시 그녀들을 만날 수 있다니!' 심장은 다시 소리를 내며 쿵쿵 뛰기 시작했다.

다음날 아침, 도둑이 들어올까봐 꽁꽁 잠가 놓은 호텔 창문 틈 사이로 따뜻한 아침햇살이 스며들었다. 눈을 떴을 때 가장 먼저 생각난 건 '아침 일찍 호텔로 찾아갈 게요.'라고 말하던 그녀의 목소리. 시계를 보니 아직 6시도 채 안된 이른 새벽이었다. 이불을 걷어내고 일어나 샤워를 하고 옷을 갈아입었다. 그리고 노트를 펴고 노트에 쓰여 있는 글자를 또박또박 읽기 시작했다.

"압…순…달…"

노트에는 그녀들을 만나면 전하고 싶은 말들이 힌디어 발음 나는 대로 적혀 있었다. 이 말을 배우기 위해 자원봉사 호스트 가족의 막내

아이비 Ivy의 아버지

녀석 프라빈을 얼마나 졸랐던가. 충분히 연습한 것을 확인하고, 창문 가에 앉아 언제 올지 모르는 그녀들을 기다렸다. 그렇게 한 시간이 흐르고 두 시간이 흘렀다. 이왕이면 정확히 몇 시까지 오겠다고 말해주지. '이른 아침' 이라 뭉뚱그려 말한 그녀 역시 틀림없이 인도인인가 보다.

그러나 이제 인도에서 기다림이란 더 이상 지겨움이 아니다. 누군가를 기다리면서 이렇게 두근거리고 행복했던 적이 언제 또 있었던가? 그리고 9시가 다 되었을 즈음, 드디어 쏟아지는 햇살을 가르고 택시 한 대가 호텔 앞에 멈춰 섰다.

그렇게 한 달 만에 다시 마주친 아이비와 사라.

‘왜 난 인도에 오게 되었고, 하필 나에게 이런 불행이 일어났을까?’ 인도에 있는 동안 나의 머릿속엔 그 질문이 계속 맴돌았다. 악몽을 꾸지 않는 날이 없다. 그 악몽은 지우려 해도 지워지지 않았고, 라즈쿠마의 얼굴이 떠오를 때면 무서워 한국으로 도망치고 싶었다. 바보같이 속은 내 자신을 수없이 탓하고 미워하며, 때론 믿지도 않는 신을 원망하기도 하였다.

그러고 한 달 만에 그녀들과 다시 마주하고서 그 질문에 대한 대답을 어렴풋이 알 수 있었다. 어쩌면 그녀들은 사기꾼 라즈쿠마가 준 선물일지도 모른다. 아이비의 눈빛과 움직임 하나하나는 날 행복하게 만들었고, 그녀의 어머니 사라의 자상함은 오랫동안 지친 나의 영혼을 달래 주었다. 확실히 아름다움은 사람의 우울함을 제거하는 데 효과가 있다.

‘그녀들과의 만남이 인도의 신이 수천만 년 전 만들어놓은 인연의 끈이었을까? 크리슈티나Krishna, 적어도 지금부턴 당신을 원망하지 않을 테야.’

그 후 시간이 어떻게 흘러갔는지 기억나질 않는다.

바보같이 ‘very thanks!’만 연발하며 울먹이던 내 목소리, 그저 웃음으로 받아주던 그녀들, 그녀들의 집을 방문해서 처음으로 먹은 너무나도 맛있었던 인도산 햄버거, 가족처럼 친절히 반겨주던 그녀의 가족들. 그렇게 조각조각 이어진 나의 기억들은 한국에 돌아와서도 설렘과 행복으로 오랫동안 존재했다.

나는 한국으로 돌아와서도 아이비 가족들을 가슴 깊이 그리워했다.

INRI

뭄바이에 비가 많이 와 사망자가 속출했다는 뉴스를 들으면 전화를 걸어 안부를 묻고, 여유가 있는 날엔 펜을 들어 그들에게 편지를 썼다. 하지만 그 그리움은 쉽게 가라앉지 않았다.

결국 2005년의 몬순에 나는 또다시 뭄바이를 찾았다. 부슬비가 내리던 반드라Bandra의 작은 교회 앞에서 금방 나오겠다는 그녀들을 기다리며 어제 일어난 일인 듯 작년의 일들을 떠올렸다. 라즈쿠마의 얼굴과 '고 자빠니'를 외치며 놀려대던 인도인들, '그러게 인도인을 왜 믿어?' 라는 표정을 지었던 호텔 주인 등 수많은 추억의 얼굴이 스쳐 갔다. 불과 1년 전만 해도 악몽 속에만 존재하던, 끝없이 날 괴롭히던 얼굴들이었지만 지금은 마냥 즐겁기만 했다. 그들 역시 나를 보며 웃고 있었다.

이렇게 저주스럽고 힘든 기억이 많아도 결국엔 순간의 짜릿함만이 오랜 동안 마음속에 메아리친다. 그래서 어른들은 세상은 살 만한 가치가 있다고 말했던 것이 아닐까?

부슬비 사이로 환한 해가 조금씩 모습을 드러냈다. 그녀들이 온다는 신호였다. 저 멀리 보이는 나의 은인, 나의 친구들을 보며 나는 소리쳤다.

"압 순달 랏데호, 압 메레 버그완! ―당신은 너무나 아름다운 나의 女神!"

"당신 가슴 속에 언제나 신의 은총이 가득하길!"

"아이비, 내가 3년 전 당신의 이야기가 적힌 책을 쓰겠다고
약속했었죠. 그리고 약속을 지키게 되어서 정말 다행이에요.
내가 이 말을 한 적 있었나요? 당신을 만나게 된 건 신의 축복,
나의 행복. 당신 말대로 신은 언제나 우리를 지켜줄 거에요."

I promised you in 2004 that I would publish a book

with your stories written. and I'm very happy to

keep that promise. Have I told you?

I'm very glad I met you.

As you told me, god will save us, always.

임파니, 그 작은 영혼과의 만남

2004/10/18

18명의 장애 아이 가운데 유독 눈에 띄지 않게 어두운 방에 홀로 앉아 있는 아이가 있었다. 뼈만 앙상한 그 아이. 무엇이 문제인지 하루 종일 앉아서 울기만 했다.

2004/10/19

오늘 미보로부터 그 아이의 이름이 임파니라는 것을 알게 되었다. 임파니는 그야말로 식물인간이나 다름없었다. 걷고 움직이기는커녕 먹는 것조차 스스로 할 수 없었다. 그래서 그런지 이곳 아줌마들과 나를 포함한 자원봉사자들은 그 아이에게 별 관심이 없다. 다들 사고치고 시끄러운 아이들 뒤치다꺼리하느라 반은 정신이 나가 있는 상태였다.

나는 자원봉사 하는 동안 임파니에게 조그만 관심을 표현해 주기로 결심했고, 그녀에게 다가가 노래를 불러주었다. 그런데 이 아이, 신기하게도 내가 노래를 불러줄 때면 그토록 울던 울음을 뚝 그치는 게 아닌가. 내 노래가 맘에 드나 보다. 아냐 내 착각이겠지? 그래도 앞으로 매일 조금씩이라도 노래를 불러줘야지.

2004/10/21

오늘은 그 아이에게 노래를 불러주지 못했다. 아니, 근처에 다가가지도 못했다. 아이는 똥오줌에 뒤범벅이 되어 고약한 냄새를 뿜어냈고, 하루 종일 미친 듯 울부짖었다. 몇 번 다가가려고 시도했지만 헛구역질이 나서 도저히 견딜 수가 없었다. 나라는 인간은 어찌 이렇게 한심하고 비열하단 말인가! 나에겐 그 아이의 몸에 범벅된 똥오줌을 닦아줄 용기가 없었다. 숙소로 돌아와서 밤새도록 그 생각에 잠을 자지 못했다.

2004/10/27

그녀에게 노래를 불러준 지 벌써 일주일이 흘렀다. 다들 임파니는 곧 죽게 될 거라고 생각했다. 아무도 그녀에게 관심을 갖지 않았다. 아루나는 벙어리지만 사는 데 지장은 없다. 조티 역시 정신병에 걸렸지만 살아갈 수는 있다. 사람들이 그들을 병신이라 비웃고 조롱하겠지만, 그 속에서도 가끔은 행복이라는 감정을 느끼면서 살아갈 수 있을 것이다.

그렇지만 임파니는 아니다. 이렇게 평생 햇빛 들지 않는 구석에 처박혀서 매일같이 울부짖다가 죽게 될 것이다. 난 그렇게 예상하고 있다.

오늘은 용기를 내서 그 아이 곁에 더 가까이 다가갔다. 그리고 머리를 쓰다듬으며 노래를 불러주었다.

"래우 씨, 그 아이 전염병에 걸렸대요. 너무 가까이 다가가지 마세요."

나를 걱정해서 건넨 미보의 말에 순간 울컥 화가 났다. 아무도 이 아이가 무슨 전염병에 걸렸는지, 어떻게 치료해야 하는지 모른다. 아무도 관심이 없다. 그녀는 곧 죽게 될 거라 지레짐작할 뿐이다. 나는 멀찌감치 나가 담배 한 개비를 물었다. 나도 모르게 눈시울이 붉어졌다. 내일 자원봉사 리더인 조이와 라케쉬를 찾아가 의사를 부르자고 이야기해 봐야겠다.

2004/10/29

갇혀 있는 내 영혼이 너무 보고 싶다고/ 말이 없는 내 눈물이 너는 너무 싫다고/ 울지 못해 웃는 건 이제 싫은데/ 한 번쯤은 편히 울어 볼 수 있게/ 내가 네가 될 수 있음 좋을 텐데/ 모두 날 위한 거라고 넌 계속 얘기하지만/ 아름다운 거짓이라고 난 항상 생각 해왔어/

미보가 빌려준 CD플레이어로 넬의 〈고양이〉라는 노래를 듣고 있다. 가사를 노트에 적고 따라 불러 보았다. 내일은 이 노래를 불러줘야지. 어쩌면 나의 노래를 듣던 때가 그녀의 인생에 가장 행복한 순간일지도 모르기에.

2004/11/03

내일이면 이 학교를 떠난다. 나는 임파니 앞에 앉아서 마음을 다해 마지막으로 열심히 노래를 불러주었다. 그리고 그 아이에게 잠정적 작별의 인사를 했다. 그리고 온 마음을 다해 내 진심을 전했다.
"임파니, 난 네가 한 번쯤은 살면서 웃을 수 있는 그런 날이 꼭 왔으면 좋겠어."
그 말이 끝나기 무섭게 한 번도 웃은 적이 없었던 그녀가 나를 보며 밝게 웃는 것이 아닌가? 그녀는 너무나 사랑스러운 미소를 지니고 있었다. 순간 너무나 놀랍고 당황스럽기까지 했다. 가슴이 벅차올랐다.

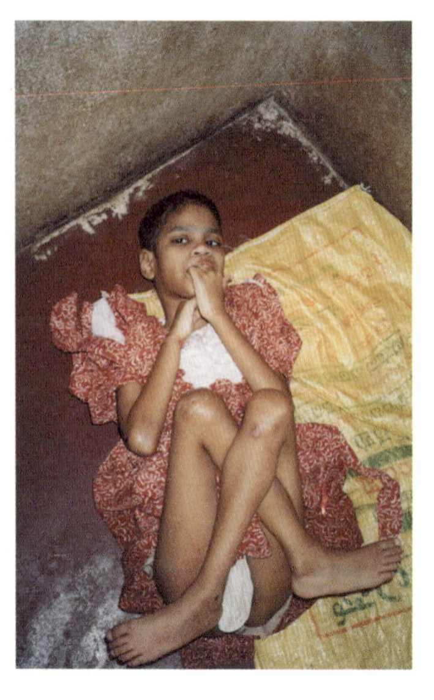

임파니가 웃었다고 크게 소리치고 싶었다. 아마 그렇게 소리쳤으면 다른 사람들은 분명 내가 정신 나갔다고 생각했을 것이다.

임파니는 떠나기 전 나에게 선물을 주고 싶었던 모양이다. 그 선물은 너무나 커서 자원봉사를 하는 내내 한 번도 눈물을 보인 적 없는 나를 울게 만들었다. 안녕…! 인도의 작은 소녀여.

2004/11/16

인도 라자스탄 주. 황금의 도시로 불리는 자이살메르Jaisalmer를 떠나기 전날, 미보에게 전화를 걸었다. 돈이 거의 바닥나 한 푼이라도 아껴야 될 상황이었지만, 그곳 소식이 너무나 궁금해서 전화를 걸지 않을 수 없었다. 미보는 통화 중 짧게 임파니 소식을 전해 주었다. 며칠 전 의사가 그 학교를 방문했는데 임파니는 전염병에 걸린 것이 아니고, 단순 정신지체일 가능성이 높다고…. 그래서 며칠 전부터 어두침침한 방에서 나와 걷기 연습도 시키고 공놀이도 시키려고 노력하고 있다고.

나는 전화를 끊고 나서 하모니카를 들고 노을을 보기 위해 자이살메르 성 가장 높은 곳으로 올라갔다. 그리고 아무 곳에나 걸터앉아 〈올

드렝 싸인 Auld lang Syne)을 불렀다. 해가 떨어지자 세상은 온통 황금빛 물결이 되었다. 너무나 아름다운 노을이었다. 나도 모르게 탄성이 나왔다. 아, 세상은 어찌 이렇게 대책 없이 로맨틱하단 말인가!
간절히 바라면 뭐든 이루어진다는 말은 사실이었다.

http://paper.cyworld.com/aimee에 가시면 임파니를 사랑했던, 마음이 뜨거운 여자 미보의 다른 임파니 이야기를 읽으실 수 있습니다.

2005/02/19
한국에 돌아온 지 2개월째 되던 늦은 저녁, 느닷없이 인도에 있는 미보로부터 전화가 왔다. 임파니가 죽었단다.
'사람이 죽으면 어디로 갈까?'
한동안 그 생각만 했다. 사람이 죽으면 도대체 어디로 갈까?
인도에 있을 때, 임파니가 빨리 죽었으면 좋겠다고 생각한 적이 있었다. 그렇게 햇빛도 못 보고 구석에 처박혀 시름시름 앓을 인생이라면 빨리 죽는 게 낫다고 생각했다. 그리고 조금씩 나아지고 있다는 소식에 어쩌면 그 아이도 조그만 행복을 느끼면서 살 수 있지 않을까 하는 기대를 했었다. 그리고 오늘 전화가 왔다. 임파니가 죽었단다.
나는 한동안 아무것도 할 수 없었다. 너무나 슬프고 무기력한 밤이었다.
'그래, X발년! 잘 죽었다. 그딴 식으로 살 바엔 차라리 죽어 버리는 게 낫지.'

그런데 임파니는 죽어서 어디로 갈까? 잘은 모르겠지만 햇빛이 많이 들고 음악이 흐르는 곳이었으면 좋겠다.

2005/03/15

임파니, 잘 지내고 있니? 너에 대한 이야기를 글로 써 놓을까 해서 컴퓨터 앞에 앉았어. 그런데 어쩌지? 눈시울이 붉어져 더 이상 글을 쓸 수가 없구나.

2006/03/20

인도를 떠나온 지 1년 반이 지난 지금도 나는 꿈속에서 인도의 거리를 걷는다. 그리고 그곳에는 여전히 임파니가 존재한다.

지난 일기장을 정리하다 보니 문득 인도에서 일어났던 모든 일들이 꿈처럼 느껴졌다. 2005년 여름, 두 번째로 '마나사 조티' 장애 학교를 찾았을 때, 일하던 아주머니가 무덤덤하게 임파니의 죽음을 확인시켜 주었던 기억이 난다. 그다지 슬프지 않았다. 사람들에게 물어 임파니의 무덤을 찾아가 꽃 한 송이라도 던져 놓을까 생각도 했지만 그런 청승맞은 짓은 나에게 어울리지 않은 것 같았다.

그때 나는 꿈을 꾸고 있었나 보다. 인도의 반짝이던 별과 빛과 희망이라는 학교와 그리고 하늘에 있는 작은 영혼과 함께….

꿈 속의 작은 음악회

2006년 12월
하늘에 있는 임파니를 생각하며

story 4
Mibo in India

다니엘라가 내가 봉사활동을 하고 있던 장애 학교를 찾아왔다. 과일이 가득한 봉지를 양손에 들고.

"꺄꺄~"

아이들은 오랜만에 과일을 맛볼 생각에 입속에 군침이 도는 모양이다. 그녀는 그런 아이들을 보고 환한 웃음을 지으며 반겨준 한편, 매서운 눈초리로 다른 자원봉사자들을 보고 짧게 한마디 했다.

"아주머니들한테는 주지 마세요. 아이들에게만 골고루 나눠주도록 해요."

아이들과 가장 가까이 있는 아주머니들한테 그렇게까지 할 필요가 있나 싶어 못마땅했지만, 나는 그녀의 서릿발 같은 기에 눌려 그저 시키는 대로만 했다. 아주머니들은 다니엘라가 오자 조용히 부엌 안쪽으로 모습을 감추었다.

다니엘라는 독일에서 고등학교를 마치고 대학에 들어가기 전, 인도로 자원봉사 활동을 온 열아홉 살 아가씨다. 마침 내가 봉사활동을 하던 학교 바로 옆 학교에 배정을 받아 왕래를 하고 지냈다.

에너지 넘치고 발랄한 그녀는 매우 적극적인 성격의 소유자였다. 이곳의 형편이 나쁜 걸 알고는 독일 집에 연락을 해 돈을 송금 받아 학교에 기부할 만큼 자원봉사에도 의욕적이었고, 시간이 날 때면 이렇게 먹을거리를 잔뜩 사들고 옆 학교인 우리 학교를 찾았다. 그러다 1주일 전쯤, 일하는 아주머니들이 말 안 듣는 아이들에게 회초리를 든 장면을 목격하고는 치를 떨며 싫어했다.

'어떻게 아이들을 때릴 수가!' 라는 표정으로 아줌마들에게 무지막지하게 따지는 걸 보니 아마 독일에서는 체벌이라는 게 없는 모양이었다. 몇 번 더 그 장면을 목격하곤 더 이상 참을 수가 없었는지 아줌마들 손에 쥐어진 회초리까지 뺏어서 분질러 버렸다.

그런데도 아주머니들의 태도가 변하지 않자 아주 사람 취급을 하지 않았다. 오늘도 과일을 잔뜩 사들고 왔지만, 아주머니들에게는 하나도 줄 수 없다며 쌀쌀한 태도를 보였다. 아주머니들은 그깟 과일 안 먹어도 된다며 안으로 들어갔지만, 왜 과일을 먹고 싶지 않겠는가. 그것도 인도에서 보기 힘든 귀한 파인애플인데.

그 광경을 지켜보는 미보는 이해를 못하겠다는 듯 다니엘라를 째려보더니 이내 분을 삭이는 표정이었다. 나는 우리 학교 자원봉사에서 암묵적인 리더 역할을 해온 미보가 화를 낼까봐 조마조마 지켜보기만 하였다.

서양인의 관점에서 볼 때 체벌은 있을 수 없는 일일 수 있다. '사랑의
매'라는 이름으로 아이들을 때리는 것은 어쩌면 후진국적인 발상이
라고 볼 수 있다. 하지만 학창시절 수도 없이 맞고 자란 나는 이것에
쉽게 동의할 수만은 없다. 어머니가, 그리고 선생님들이 들었던 사랑
의 매가 없었다면 과연 어렸을 적 나의 나쁜 버릇들이 고쳐졌을까 하
는 의문이 든다(지금도 그렇지만 난 어렸을 적 정말 문제가 많은 아이었다).
그리고 무엇보다도 난장판인 이곳을 통제하기 위해서 매를 드는 건
확실히 효과가 있었다. 말은 안 했지만 나도 다른 봉사자들이 안 보
는 사이에 말썽 피는 아이들의 엉덩이를 때리고, 머리에 꿀밤을 얼마
나 많이 줬는지 모른다.

아이들의 체벌. 매를 들고 들지 않는 것, 무엇이 더 옳다고 말할 수는
없을 것이다. 그러나 '우리가 선진국에서 왔으니 우리가 하는 말이
옳아.'라는 듯 행동하는 몇몇 유럽 자원봉사자들의 태도는 분명 잘못
된 것이다.

어느 곳, 어느 나라를 가든 우리는 그 문화를 존중하고 이해하려고
노력할 필요가 있다. 게다가 인도에서 말 안 듣는 아이에게 회초리를
드는 건 너무나 당연한 분위기다. 오히려 아줌마들은 '쟤 왜 저래?'
하며 다니엘라의 행동에 어리둥절한 표정을 지었다.

서로를 이해하지 못한 채 불신의 담만 높게 쌓아가고 있는 셈이었다.
무엇이 옳고 그름을 따지기 전에 이런 식의 차가운 '강경대응(?)'은
전혀 발전적이지 않고 어른스럽지 못한 행동이 아닌가.

이렇게 유럽 친구들이 자신들의 주장을 주입시키려고 들 때 꼭 나서는 사람이 미보였다. 내가 본 미보는 자기에 대한 신념이 확고한 여자였고, 불합리하다고 생각하는 일은 반드시 싸워서라도 짚고 넘어가는 성격의 소유자였다. 웬만해선 남들과 부딪히기 싫어하고, 매사 유연하게 살고자 하는 나와는 어쩌면 정반대의 사람이었다. 미보는 자신들이 우위에 있다고 생각해 뭔가 가르치려고 드는 몇몇 유럽 자원봉사자들의 태도에 대해 맞서기를 꺼려하지 않았다. 물론 그런 당당함 뒤에는 많은 경험과 실력이 뒷받침되어 있었다. 완벽한 영어 구사에다 다양한 자원봉사 경험, 그리고 논리 정연한 말솜씨에 때론 유럽 친구들도 말문이 막히곤 했다.

자원봉사 캠프의 동양인 중 유일하게 유럽인들과 맞서는 한국 여성을 보면서 멋지다는 생각이 들어 자원봉사 기간 동안 나는 미보 뒤를 졸졸 따라 다녔다. 그런 그녀가 웬일인지 오늘은 다니엘라의 행동에 별로 말이 없는 걸로 보아 다른 생각이 있는 모양이었다.

다음날 아침, 미보는 얼마 안 되는 돈을 꼬깃꼬깃 챙겨 주머니에 넣더니 슬그머니 학교를 빠져나갔다. 어디를 갔나 했더니 버스정류장 앞 과일가게에서 파인애플 한 통과 사과 몇 알을 사서는 가방에 챙겨 넣고 다시금 학교로 돌아왔다. 그러고는 아주머니들이 있는 곳으로 다가가 조용히 그 과일들을 건네며 환한 미소를 지었다.

'힘드시죠. 이것 좀 드시고 하세요.'

어제 일 때문에 잠시 냉랭한 분위기가 감돌던 학교에 순간 따뜻한 바람이 불었다. 기가 죽어 있던 아주머니들의 얼굴에 환한 웃음이 흘렀다. 오래간만에 봉사자들과 아주머니들, 아이들 모두 한자리에 모여 과일을 나누어 먹었다. '분배' 처럼 느껴지던 어제의 과일 파티와는 분명 뭔가 다른 정(情)이 흐르는 자리었다. 그녀의 그런 마음을 알아차린 듯, 태양이 작열하던 앞마당에도 오랜만에 시원한 바람이 불었다. 우리는 오랫동안 밖에 앉아 웃고 즐길 수 있었다.

난 그렇게 자원봉사 하는 곳의 분위기를 어르고 쓰다듬는 미보의 행동 하나하나가 좋았다. 유럽 사람들과 싸우는 미보를 보면서 '너의 그런 모습이 네가 싫어하는 그들과 다른 게 뭐가 있어?' 라며 비판 어린 시각으로 본 적도 있었지만, 미보는 누구보다도 정이 넘치고 가슴이 따뜻한 여자였다.

사실 지나고 생각해 보니 '마나사 조티' 에서 희망과 절망이 같은 선상에 있음을 상기시켜 준 것도, 사랑으로 아이들을 대하는 방법을 가르쳐준 것도, 무기력하다고 느낄수록 더욱 사랑하라고 말해준 것도

다 미보였다. 그녀가 없었더라면 난 아마 일주일도 못 견뎌서 그 학교를 도망쳐 나왔을 것이다.

2년이 지나고 3년이 지나 그 학교를 방문했을 때 '미보, 미보!' 하며 그녀를 찾는 아이들을 보았을 때 얼마나 신기했는지 모른다. 화장실도, 음식 이름조차 못 외우는 아이들이 어떻게 미보의 이름을 외웠을까? 매일같이 아이들 곁에 앉아 상처에 약 발라주고 이름 불러주고 안아주던 그녀의 모습이 떠올랐다.

'아이들이 이제까지 살아오면서 그녀가 준 사랑만큼 사랑을 받고 살아 왔을까, 앞으로도 그녀가 준 사랑만큼 사랑을 받으며 살 수 있을까?' 라는 의문이 들 정도로 그녀는 아이들에게 엄마 같은 존재였다. 자신들도 진정 사랑받을 수 있는 존재라는 걸 아이들에게 분명히 알려준 사람이 미보였다.

사실 난 미보를 원망했던 적이 많았다. 한국에 돌아와서 아이들의 울부짖음이 귓가에 울려 잠을 못 이룰 때, 임파니가 죽었다는 소식을 들었을 때 괜히 자원봉사를 했다는 생각에 괴롭고 우울했다. 그럴 때마다 '미보가 없었더라면 자원봉사 중간에 그만 뒀을 텐데…' 라는 생각이 머릿속을 지나갔다. 무기력하다고 느낄수록 더 노력하라던 미보의 말은 순 거짓말이었다. 한국에 앉아 있는 내가 지금 아이들에게 해줄 수 있는 거는 아무것도 없다. 그래서 지금도 아이들이 그립고, 보고 싶을 때면 짐을 싸서 떠날 용기가 없는 내 자신보다도 미보를 먼저 원망하곤 한다.

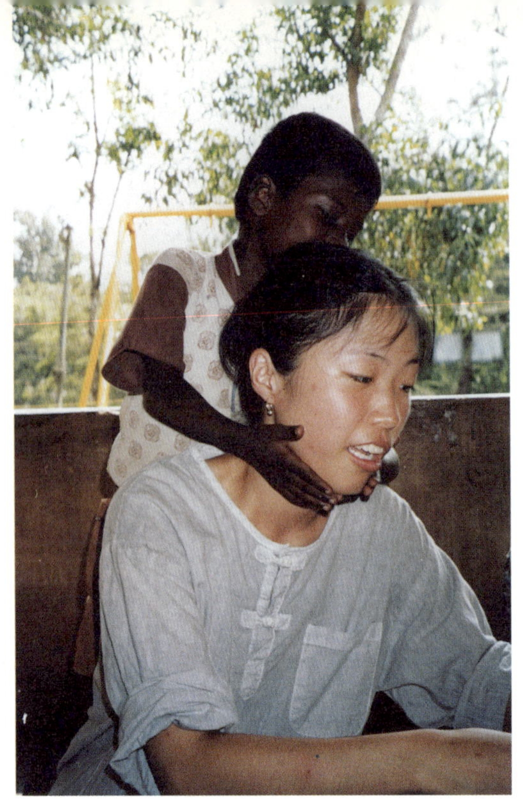

명문대를 졸업하고 앞길이 탄탄대로임에도 불구하고 불현듯 자원봉
사를 한다며 인도로 떠나온 미보. 일 더하기 일을 가르친다며 바보
레시마를 붙잡고 두 시간을 넘게 씨름하던 미보. 인도 봉사가 끝난
지 얼마 되지 않아 쓰나미가 벌어진 말레이시아로 짐을 꾸리던 미보.
우리가 머무르던 동네 사람들 모두가 그리워하는 미보. 자신이 배운
경영학을 가난을 위해 쓰고 싶다던 미보. 아이들 때문에 울고 웃고를
수없이 반복하던 미보.

사실 그녀는 나보다 한 살 많았지만, 나는 그녀를 누나라고 부른 적
이 없다. 나이가 뭐 대수냐며 '미보 씨, 미보야' 하며 불렀지만, 그녀
는 나하고는 비교할 수 없을 정도로 생각이 깊고 사랑이 가득한 여자
였다.

떠나기 전 그녀가 나에게 준 편지엔 '래우 씨에게 많이 배웠어요.' 라는 말이 적혀 있었다. 그녀가 나에게 무엇을 배웠는지는 잘 모르겠지만, 인도에 있는 동안 많은 가르침을 줬던 미보는 내 인생의 큰 스승임에 분명하다. 내년 초 결혼한다는 그녀의 앞길에 신의 축복이 있길!

희망은 누구도 숨길 수 없다.

사랑도 그렇다.

내일을 살아가는 우리 모두는 위대하고,

함께 존재할 수 있는 오늘 하루는 감사해야 마땅하다.

사랑하고, 사랑받고,

그러면서 행복해하고, 살아가는

그 평범한 진리를 나에게 가져다 준

나의 보물덩어리 마나사 조티

(미보의 자원봉사 페이퍼- http://paper.cyworld.com/aimee)

아이들의 눈

어렸을 때, 나는 빨리 어른이 되고 싶었다. 모르는 세상을 빨리 배우고 싶었고

어른들이 가지고 있는 성숙함을 가지고 싶었다. 백지같이 하얀 눈동자와 마음에

빨리빨리 낙서를 해 빽빽이 채워가고 싶었다.

그땐 왜 몰랐을까?

순수함은 성숙함과 비교할 수 없이

더 소중하다는 것을…

첫 번째 인도 친구와 마법 열차

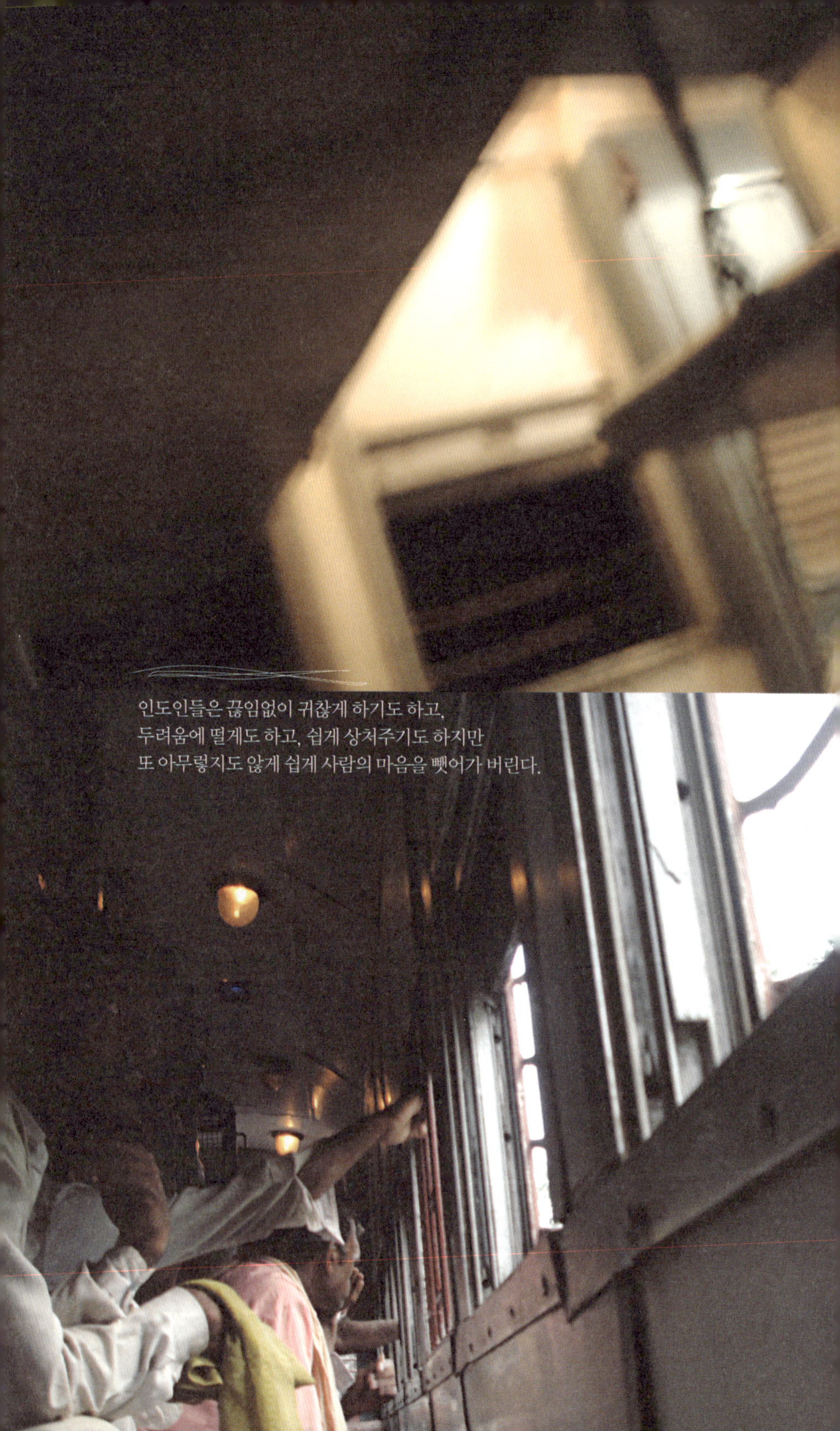

인도인들은 끊임없이 귀찮게 하기도 하고,
두려움에 떨게도 하고, 쉽게 상처주기도 하지만
또 아무렇지도 않게 쉽게 사람의 마음을 뺏어가 버린다.

인도인들은 툭하면 외국 여행자들을 보고 'My Friend'라고 부른다. 사람에 따라선 그것을 친근하게 느낄 수도 있겠지만, 'My Son'에 된통 당한 나로서는 정말 듣기가 싫었다. 이곳에서는 친구라는 말이 너무나 남용되고 있다. 서로가 만나기 위해서는 수천 만 번의 카르마가 작용해야 한다는 인도식 말장난(?) 따위는 듣고 싶지도 않았다. 어디 처음 본 주제에 나와 친구가 되려 한단 말인가.

2004년 11월 8일, 라자스탄Rajasthan 행 기차를 타기 위해 아함다바드Ahmedabad 역으로 향했다. 그곳에서 1분 간격으로 '마이 프렌드, 신발 닦아줄까? 짜이 코피?' 하며 달라붙는 녀석들로 나는 심한 어지럼증을 느끼고 있었다. 게다가 밤 10시쯤 온다던 기차가 새벽 3시가 넘어서야 도착하는 바람에 잠깐이지만 '내가 이런 개똥 같은 나라에 뭐가 좋다고 이렇게 오래 있지?' 하는 생각을 했다.
라자스탄으로 가는 열차는 아함다바드 익스프레스로, 이전까지 탔던 인도의 기차와는 달리 산업혁명 당시 만들어졌을 법한 외관의 구식 열차였다. 다른 열차들은 칸과 칸이 연결되어 있는 반면, 이 열차는 12명이 탈 수 있도록 한 칸 한 칸이 독립되어 있었다. 티켓에 적혀 있는 열차 칸에 오르니 외국인은커녕 개미 한 마리 눈에 띄지 않았다. 날씨는 조금씩 서늘해지고 새벽녘의 찬바람이 기차 안을 더 을씨년스럽게 했다.
하지만 열차 한 칸을 전세 낸 것 같은 기분이 들어 간만에 피리와 하모니카도 실컷 불고, 이쪽저쪽 자리를 옮겨 다니면서 조그만 공간을 혼자 즐기고 있었다. 그러나 그것도 잠시, 한두 시간쯤 후에 정차한 역에서 인도 젊은이가 올라탔다.

한겨울에나 쓸 법한 털모자와 때 묻은 자주색 목도리를 한 그는 침대 칸에 눕자마자 다짜고짜 나를 째려보기 시작했다. 인도를 여행하다 보면 이렇게 외국인만 보면 째려보는 인도인을 흔히 보게 된다. 그것은 5~10분의 눈 흘김이 아니라 몇 시간이나 계속되어, 사람을 몹시 불편하게 만든다. 가끔 다른 든든한 동행자가 있을 때는 그들의 이유 없는 '째림'을 괘씸하게 느껴 나도 같이 째려보곤 했지만 이번엔 상황이 달랐다. 독립된 공간에 둘만 있으니 덜컥 겁이 났다.

그는 몇 시간 동안 자지도 않고 계속 나를 째려봤다. 애써 눈을 피하기도 하고 자는 척도 해봤지만 소용없었다. 아직도 째려보나 싶어 실눈을 하고 경계할수록, '나는 네가 무슨 생각을 하는지 알아!' 하는 눈초리로 계속 날 쳐다봤다. 그 덕분(?)에 쿵쾅거리는 가슴을 안고 혹시나 하는 마음에 볼펜 한 자루를 무기로 쥔 채, 밤새 잠을 설쳐야만 했다.

계속 불안함에 뒤척이다 아침에 눈을 떴을 때 그는 언제 일어났는지 침대칸을 접고 앉아서 나를 쳐다보고 있었다. 이 녀석은 오늘도 하루 종일 나를 쳐다볼 생각인가 보다. 한숨이 절로 나왔다. 태연한 척 일어나서 침대칸을 접으려고 하는데 잘 접히지 않았다. 인도의 기차를 10번도 넘게 탔는데 이거 하나 못할까봐 하는 마음으로 힘을 줘 접으려 해도 못으로 박아 놓은 것처럼 꼼짝도 안했다. 그때 그가 슬며시 일어나더니 무슨 마법이라도 부린 듯 스르륵 침대를 접는 게 아닌가.

항상 이런 식이다. 인도인들은 끊임없이 귀찮게 하기도 하고, 두려움에 떨게도 하고, 쉽게 상처 주기도 하지만 또한 이렇게 아무렇지도 않게 쉽게 사람의 마음을 뺏어가 버린다. 마치 오래 전 첫사랑에 빠지게 했던 그녀처럼….

인도는 그런 과정을 반복해 가며 나를 사랑의 열병에 빠지게 만든다. 그런데 그날은 왠지 그렇게 마음을 뺏겨버리는 내 자신이 너무 싫었다.

"단냐와다(고맙습니다)"

그렇게 나지막이 말하고는 삐친 계집애처럼 담배를 피우러 기차 난간으로 향했다. 담배 케이스를 열자 담배가 하나도 없었다. 어제 기차가 연착되면서 몇 개비 안 남은 담배를 다 태워버린 것이었다. 아침부터 되는 일이 없다 생각하며 괜스레 빈 담배 곽을 갈기갈기 찢어 기차 밖으로 내던지며 분을 삭이고 있었다.

그때였다. 나를 째려보던 그 인도인이 어느새 옆으로 다가와 나를 쳐다보고 있었다. 그의 눈빛은 나의 깊은 영혼까지 쳐다보는 듯했다. 그리고 주머니를 뒤적거리더니 비리(인도 전통담배) 한 개비를 넌지시 건네었다. 그리곤 '이제 당신은 행복한가?' 라는 듯이 누런 앞니를 내놓으며 웃었다.

"Thank you, My Friend"

오, 이것이 진정 내 입에서 나온 말인가? 나는 왜 이 말을 그 동안 이렇게 쉽게 하지 못했던가?

그렇게 나는 이름 모를 첫 번째 인

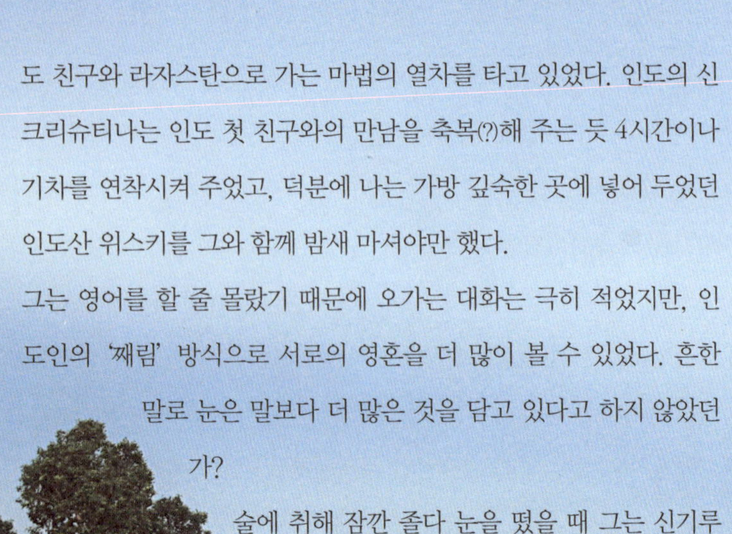

도 친구와 라자스탄으로 가는 마법의 열차를 타고 있었다. 인도의 신 크리슈티나는 인도 첫 친구와의 만남을 축복(?)해 주는 듯 4시간이나 기차를 연착시켜 주었고, 덕분에 나는 가방 깊숙한 곳에 넣어 두었던 인도산 위스키를 그와 함께 밤새 마셔야만 했다.

그는 영어를 할 줄 몰랐기 때문에 오가는 대화는 극히 적었지만, 인도인의 '째림' 방식으로 서로의 영혼을 더 많이 볼 수 있었다. 흔한 말로 눈은 말보다 더 많은 것을 담고 있다고 하지 않았던가?

술에 취해 잠깐 졸다 눈을 떴을 때 그는 신기루처럼 사라지고 없었다.

'그는 분명 인도와 나를 연결시켜 주기 위한

*나마스테, 나마스카라는 '내 안의 신이 당신의 신께 인사를 드린다는 뜻입니다.

크리슈티나의 메시아일 거야!'

그 후 열차가 도착할 때까지 짧은 두 시간이었지만 나는 그의 눈을
그리워해야만 했었다.

3년이 지나 세 번째로 찾아온 인도의 기차 안에서는 여전히 나를 째
려보는 인도인들을 보게 된다. 나 역시도 그들의 눈을 응시하며 묻는
다. 나의 영혼 속에도 당신들이 믿는 신이 존재하는가라고…. 그리고
자연스레 웃으며 말을 건넨다.

"당신을 만나게 된 건 내 인생의 커다란 행복."

"나마스카라! 언제나 당신들의 깊은 눈 속에 신의 축복이 함께 하길!"

Story 6
낙타몰이꾼의 사랑이야기

2004년 11월, 나는 인도 북부 자이살메르Jaisalmer의 끝없이 펼쳐진 황량한 사막에서 나의 24번째 생일을 보냈다. 생일선물로 받은 David의 마리화나(생일 선물이라며 담배 한 대를 주어 별 싱거운 녀석을 봤나 했는데 알고 보니 마리화나였다. 어쩐지 별이 유난히 반짝인다 했다), 병을 가득 채운 위스키, 타박타박 타오르던 모닥불, 낙타몰이꾼들의 콘서트, 그리고 무수히 떨어지던 별들과 수많은 기억. 내 장담하건데 성욕을 제외한, 현실세계에서 가능한 모든 환락을 느끼면서 그렇게 생일 밤을 지새우고 있었다.

얼마나 지났을까? 낙타몰이꾼의 노래가 부족한 탓이었는지 나는 저만치 떨어져 홀로 하모니카를 불고 있었다. 그런 내가 재미있다는 표정으로 얼큰하게 취한 낙타몰이꾼 한 녀석이 남은 위스키를 몽땅 들고 와 나에게 말을 걸었다.

"코리안! 얼마 전에 나에게 프랑스 여자 친구가 생겼어!"

술에 취해서인지, 사랑에 취해서인지 녀석의 얼굴은 행복으로 가득 차 있었다. 사랑만큼 사람을 행복하게 만드는 것이 또 있을까? 이 사막보다도, 저 달과 별보다도 더 오래된 것이 있다면 그건 바로 사랑이겠지? All you need is love! 참으로 서정적인 밤이었다.

"그래서 지금 행복해?" 라는 질문에 녀석은 연신 누런 이를 내보이며 끄덕였다. 나 역시도 녀석과 이야기하는 시간이 무척이나 좋았다. 원래 행복은 전염되기 쉬운 감정이지 않은가. 이야기 도중 나는 그녀의 어떤 점이 널 그렇게 행복하게 만들었냐고 물었다. 참으로 점잖고, 로맨틱한 질문이었다. 무슨 대답을 할까 초롱초롱히 뜬 내 눈을 보고

녀석은 말했다.

"일단 그녀는 젖가슴이 죽여주게 커서 날 무척 흥분시키고, 섹스를 끝내주게 잘해. 그리고 무엇보다 돈 많은 유럽인이라는 게 내가 그녀를 사랑하는 이유야. 난 그녀와 결혼하고 싶어."

'뭐? 아니 뭐 이런 쓰레기 같은 놈이 다 있나? 네 여자 친구한테 그 얘기 전해주면 참도 좋아하겠다.'

나는 더 이상 그런 저질스런 놈과 이야기를 섞고 싶지 않았다. 아름답고 서정적이었던 밤이 순식간에 수준 이하로 변하는 느낌이었다.

기분을 더 망치기 싫어 얼른 자리를 털고 일어나 잠자리로 돌아갔다. 녀석은 오히려 갑자기 자리를 박차고 일어나는 나를 이해 못하겠다는 표정이었다.

사막의 기온은 정말 변덕스럽다. 섭씨 40~50도를 넘나들며 뭐든 다 태워 버릴 거 같은 한낮의 날씨와는 다르게 밤에는 영하 가까이 떨어진다. 사막은 무진장 더울 거라는 막연한 생각에 침낭 같은 건 챙겨올 생각도 못한 나는 온몸을 모포로 휘감고 눈만 빠끔히 내밀고 잠자야 했다.

하늘에서 수많은 별들이 쏟아졌다. 지구가 둥글다는 것은 배워 알고 있지만 정말 떨어지는 별들도 그렇게 타원을 그리며 떨어질 줄은 몰랐다. 그 별들을 따라서 인도에서의 기억들이 머릿속을 스쳐갔다.

문득, 아까 만난 낙타몰이꾼 녀석의 말이 떠올랐다.

'가슴이 크고 섹스를 잘하고 돈이 많다?'

그 이미지를 떠올리는 순간 가슴이 두근거렸다. 나 역시 아무리 지성인이고 로맨티스트인 척 폼 잡아 봐야 날 때부터 만들어진 몸의 반응은 거부할 수 없었다.

그런 생각을 하자 나도 모르게 웃음이 나왔다.

유쾌한 낙타몰이꾼! 사실 많은 남자들이 그 이유만으로도 여자와 사랑

에 빠질 수 있을지 모른다.

젠장! 당신의 직설적인 사랑에 신의 입맞춤이 있기를!

(다음날 녀석에게 프랑스 여자도 널 사랑하냐고 묻자 녀석은 자신 있게 고개를 끄덕였다. 이유를 묻자 자신의 거대한 물건과 끊임없는 Full Power 때문이라나…)!

교활한 원숭이

20대의 젊은 청년이 오랜 기간 혼자 여행을 하면서 이성에 대한 외로움을

느끼지 않는다면 오히려 그것이 더 이상하고 어딘가 문제가 있는 것이 아닌가?

다행히도(?) 나는 그다지 적극적이고 용기 있는 사람이 못돼 여행하는 동안

예쁜 아가씨와 단둘이 밀월여행을 즐겨 보진 못했다.

그렇게 홀로 한 달 반 정도를 여행하던 어느 날의 일이었다. 10시간이 넘게

버스를 타고 푸쉬카르의 어느 호텔에 도착했다. 샤워를 하고 잠이나 좀 자둘까

침대에 누우니 문득 '아 혼자 여행하면 외롭구나.' 하는 생각이 들었다.

그때였다. 갑자기 비명 소리와 함께 한 여자가 느닷없이 내 방문을 열고

들어왔다. 금발의 여인, 아름다운 곡선미와 글래머러스한 몸매, 분명 프랑스

파리에서 온 여자가 틀림없었다. 그 감상도 잠시, 더위 탓에 속옷만 걸치고 있던

나는 당황하며 옷부터 주섬주섬 입었다.

"무슨 일이세요?"

"아 옆방 쓰는 사람인데 큰 원숭이가 저를 해치려고 해서요. 잠깐 여기 있어도

되죠?"

방문을 열어 빠끔히 밖을 보자 정말 무섭게 생긴 원숭이가 송곳니를 드러내고

있었다.

"You can stay here indefinitely" – 영원히 머무셔도 되요.

'이 아름다운 분은 저 원숭이가 보낸 선물이구나! 고마워 원숭아.'

선물을 거절하면 안 된다는 생각에 용기를 내어 이름을 물어보았다.

"What you're name?"

"다니엘이에요"

"Where are you from?"

"프랑스, 파리에서 왔어요.

'역시, 남자의 육감은!' 나도 모르게 내 무릎을 탁! 쳤다. 나는 앞으로 있을

일들에 대해 내 멋대로 상상의 나래를 펼치며, '인도에 온 지는 얼마나 됐나?,

다음 목적지는 어디냐?' 등 시시콜콜한 작업(?)을 시작하였다.

그렇게 5분쯤 지났을 때 밖에서 그녀를 부르는 소리가 들렸다.

"헤이 다니엘! Where are you?"

밖을 나가 보니 덩치가 아놀드 슈왈츠제네거만한 남자가 그녀를 찾고 있었다.

원숭이도 그 덩치에 겁먹어 도망갔는지 보이지 않았다. 그녀는 방을 나가 5분 전

상황을 설명했고, 덩치 좋은 남자는 내 어깨를 툭 치며 넉살좋게 웃으며

"Thanks, frend"이라고 했다. 나도 멋지게 "No problem"이라 말했지만

잠시 후 방에 들어가 녀석과 부딪힌 어깨를 주물러야 했다.

괜히 가슴만 설레게 한 교활한 원숭이! 그날 이후로 나는 원숭이가 싫어졌다.

소설 속에서 원숭이가 야비하게 묘사되는 데는 이유가 있나 보다.

사랑을 선물해준 도둑

'어떻게 나에게 이런 일이…'

오리안느는 참으려 했지만 결국 눈물을 쏟아내고 말았다. 지금부터 이 순간을 어떻게 해쳐나가야 할지를 생각하자 눈앞이 깜깜해졌다. 훌쩍거리며 떨어지던 눈물은 급기야 줄줄 흘러 기차 안은 그녀의 울음소리로 가득했다.

극작가였던 그녀에게 인도는 꿈과 같은 곳이었다. 인도 전통 춤에 푹 빠져 있던 2001년, 고국 프랑스를 떠나 스리랑카를 통해 처음으로 인도 땅을 밟게 되었다. 해외 여러 곳을 여행했던 그녀는 어찌 보면 여행 전문가였다. 여러 가이드북을 통해 '인도는 혼자 다니기 위험한 곳'이라는 것을 알았기에 위험 요소는 아예 옆에 두지 않았다. 안전한 호텔에서만 묵었고, 열차도 2등석만을 이용했다. 돈이 더 들더라도 안전한 여행을 원했기 때문이다.

그런데 아침에 일어난 그녀는 자신에게 일어난 일을 믿을 수 없었다. 자신의 복대는 풀러진 채 바닥에 나뒹굴고 있었고, 복대에 넣어둔 돈은 온데간데없이 사라지고 없었다. 혹시나 아주 혹시나 착각한 것은 아닌가 싶어, 아니 제발 착각이기를 바라며 여기저기 뒤져 봤지만 헛수고였다. 이미 돈은 사라지고 없었다.

오리안느는 어젯밤 있었던 일을 되짚어 봤다. 잠을 자려고 누웠는데 누군가 다가와 그녀의 입에 손수건을 덮었던 기억이 났다. 하지만 그 이후의 기억은 전혀 없었다. 몇 시간이나 정신을 잃고 있었는지조차 기억할 수 없었다. 거울을 보니 이마에 알 수 없는 시퍼런 멍 자국이 생겨 있었다. 누군가 그녀를 노리고 손수건에 최음제를 묻혀서 정신을 잃게 한 뒤 그 안에 있는 모든 여행비를 훔쳐간 게 분명했다. 이마에 난 멍은 그녀가 반항하자 뭔가로 내려친 자국 같았다.

오리안느는 스리랑카에서 신용카드를 분실하는 바람에 500유로가 넘는 돈을 복대에 넣고 다녔다. 그런데 그것을 눈치 챈 그 누군가가 그녀를 노리고 범행을 저지른 것이다. 그녀는 하루아침에 여행비 전액을 도난당한 것이다. 캘커타에서 네팔의 카트만두로 가는 2등석 기차 안에서 일어난 일이다.

인도의 상류층만 탄다는 2등석에서 어떻게 이런 일이…

그녀는 믿을 수가 없었다. 다행히 도둑은 돈만 훔쳐 달아났다. 눈물겹게도 비행기 표와 여권은 남겨 놓았지만, 당장 이 순간부터 먹고 잘 일이 막막했다. 느닷없는 기차 안의 소동에 경찰이 찾아와 간단한 조사를 했지만 역시나 해결책은 없었다. 그녀는 서러움과 앞으로의 걱정에 어찌할 바를 몰라 그저 앉아서 울고만 있었다. 그 순간 그녀가 우는 일 말고 할 수 있는 일은 아무것도 없었다.

“일단 우리 집으로 가요. 며칠 묵으면서 고국의 친지에게 송금을 부탁하면 되잖아요.”

오리안느의 불쌍한 처지를 보고 있던 모한이 고맙게도 자기 집으로 가자며 위로의 말을 건넸다. 모한은 어제 기차에서 저녁을 먹으면서 친해진 한 인도 가족의 아버지였다. 지금은 사업차 네팔의 Birgang 에 살고 있는데, 아들과 딸 그리고 부인을 데리고 캘커타에서 휴가를 보내고 오는 길이었다.

나의 인도 가족 프라빈(오른쪽)과 그의 어머니

정말 이 나라에서는 누구를 믿을 수 있을지 의심해 봤지만 더 이상

잃을 것도 없는 그녀로서는 그의 제안이 나쁘지 않았다. 게다가 무척

이나 화목해 보이는 가족이라 사기꾼 같지는 않았다.

그녀는 결국 예정에도 없던 Birgang 역이라는 생소한 곳에서 내려

그 가족들과 함께 그들의 집으로 이동했다. 그때가 마침 2001년 9월

11일이었다.

"그날만큼 당황스러웠던 적은 없었던 거 같아요. 게다가 그 날 무슨 일이 일어났는지 아시요? 9월 11일… 말예요."

목이 마른 듯 그녀는 음료수를 한 모금 마시더니 다시 이야기를 이어갔다. 나는 더위도 잠시 잊은 채 그녀의 이야기에 몰입해 갔다.

그녀가 도착한 Birgang은 인터넷도 신문도 국제전화 부스도 없는 작은 시골 마을이었다. 텔레비전도 케이블은커녕 인도 국영방송 몇 채널만 간신히 나오는 곳이었다. 텔레비전을 켠 그녀는 또 한 번 놀라지 않을 수 없었다. 미국의 쌍둥이 빌딩이 비행기의 공격을 받아 무너지는 영상이 끊임없이 반복됐다. 힌디어를 모르니 무슨 내용인지는 정확히 알 수 없으나 뭔지 모를 큰 사건이 일어난 게 분명했다.

순간적으로 3차 세계대전이 일어났다고 생각한 그녀는 정신적 공황에 빠졌다. 타지에서 갖고 있던 돈을 몽땅 잃어버려 낙담하고 있는데 그것도 모자라 전쟁이라니…. 그녀는 당장 고국 프랑스로 돌아가 가족들을 만나고 싶었다.

"괜찮아질 거예요. 걱정 말고 푹 쉬세요."

모한 가족들은 당황해하며 울먹이는 그녀가 진정할 수 있도록 모든 노력을 아끼지 않았다. 덕분에 불안에 떨던 그녀는 조금씩 안정을 되찾아갔고, 며칠 후에는 시내에 나가 부모님과 연락을 취할 수 있었다. 물론 은행 송금도 부탁했고, 9·11테러가 3차 세계대전도 아니며 프랑스와 직접적인 관련이 있는 것도 아님을 알게 되었다.

이제 안정도 되찾았고 송금도 받았으니 원래 계획대로 여행을 계속하면 된다. 그러나 그녀는 쉽사리 그 집을 떠나지 못했다. '하루만 더, 하루만 더' 한 것이 어느덧 한 달이 넘게 모한의 집에 머물게 됐다.

"다른 세상에 와 있다고 생각했죠. 고요한 시골, 밤이 되면 온 세상이 깜깜해지는 곳, 순수한 시골 아이들의 눈빛… 아예 시간이 멈추길 바랐던 것 같아요."
오리안느는 마치 첫사랑의 기억을 회상하듯 얼굴을 붉히며 말을 이었다.

내가 그녀를 만난 건 세 번째로 인도를 찾은 2007년 여름. 갠지스 강이 흐르는, 인도 어머니의 땅 바라나시 Varbnasi의 작은 레스토랑이었다. 연일 섭씨 40도가 넘는 폭염 때문에 대낮에는 밖에 나갈 엄두도 낼 수 없었다. 나는 레스토랑 한쪽에 자리를 잡고 책을 읽고 있었고, 그녀 역시 더위를 피해 그 레스토랑을 찾았다.
여행지에서는 누구나 쉽게 친구가 된다. 나이가 달라도 국적이 달라도 여행자라는 이유만으로 가까워진다. 모두들 잊을 수 없는 여행담들을 늘어놓으며 서로의 공감대를 형성해가는 것이다. 그녀 역시 2001년의 일을 어제 일어난 일처럼 이야기했고, 나 역시 첫 번째 인도 여행에서의 경험담을 이야기했다. 동병상련이라고나 할까? 비슷한 상황을 겪은 우리는 서로를 너무나 잘 이해할 수 있었다.
"내 돈을 훔쳐간 그 도둑, 지금 다시 만나면 뽀뽀라도 해주고 싶어요.

언제나 불행과 행복은 같은 선상에 존재하는 것 같다.
마치 세상의 알 수 없는 무언가가 그 힘의 균형을 맞추고 있는 것 같은 느낌이다.

나에게 사랑을 선물해준 도둑이죠. 그 도둑 덕에 사랑스러운 인도 가

족과 인연을 맺게 되었잖아요. 그 도둑은 나에게 돈을 가져간 대신

사랑을 선물해 주었죠.”

“인도엔 몇 번째인가요?”

내 질문에 오리안느는 무척 쑥스럽다는 듯 열한 번이라고 했다. 내가

깜짝 놀라자 그녀는 웃으며 인도에 자주 오는 이유를 설명했다.

"사실 첫 번째 여행에서 모한 가족들을 만나고 인도에 푹 빠져버렸어요. 하루도 인도를 잊고 산 날이 없는 것 같아요."

그녀는 자기가 인도를 좋아하게 될 줄은 꿈에도 몰랐단다. 그런 의미에서 인생은 참 묘한 것 같다며 미소를 짓는다. 내일 그녀는 모한 가족들을 만나러 간다며 잔뜩 기대에 부푼 모습이었다.

언제나 불행과 행복은 같은 선상에 존재하는 것 같다. 마치 세상의 알 수 없는 무언가가 그 힘의 균형을 맞추고 있는 것 같은 느낌이다. 모든 여행비를 도난당해 따라간 인도 가족들, 그리고 그들과 나눈 한 달간의 정. 나의 경험은 아니었지만 마치 내가 체험이라도 한 듯 웃음이 나왔다. 내 짐을 가지고 도망간 사기꾼 라즈쿠마는 지금 어디에 있을까? 나 역시도 다시 그를 만나면 꼭 고맙다는 말을 전하고 싶은 심정이었다.

"라즈쿠마, 넌 나에게 사랑을 선물해준 도둑이야."

바부는 바보가 아니야

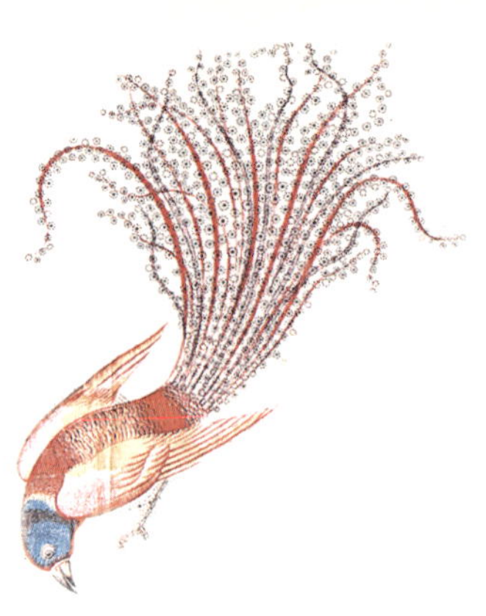

바부는 바보가 아니야

전 세계의 모든 채식주의자를 합한 것보다 더 많은 채식주의자가 인도에 살고 있단다. 또 그만큼 많은 부류의 사람이 있다면 그것은 바로 거지일 것이다.

인도에는 정말 거지가 많다. 세상에 존재하는 모든 거지의 머릿수를 합해도 인도의 거지보다는 적지 않을까 싶을 만큼 인도 어디를 가든 거지들로 득실득실하다. 또한 인도의 거지들은 굉장히 뻔뻔하며 양심이 없다. 적어도 우리나라 거지들은 하모니카를 연주하거나 노래를 불러서 고객(?)들을 즐겁게 해주고자 노력한다. 물론 그 음악들이 시끄러워 짜증스러울 때가 대부분이지만, 그래도 한 푼 벌기 위해 꽤나 노력하는 편 아닌가?

그러나 인도 거지들은 '아무것도' 하지 않고 그저 와서 툭툭 치며 돈을 요구한다. 주기 싫으면 관두라는 듯 짜증을 내기도 하고, 부자 나라에서 왔으면서 왜 돈을 주지 않느냐며 이해할 수 없다는 표정을 짓기도 한다. 내게 은혜 갚을 기회를 주어 전생의 과오를 씻을 수 있으니 오히려 감사해야 한다는 게 그들의 입장이다.

기차에서는 남는 게 시간이니 누가 이기나 보자는 듯 몇 시간 동안 내 앞에 죽치고 앉아 구걸하기도 하고, 어쩔 때는 어디서 예쁘게 생긴 아이를 모셔(?)와 엉덩이를 꼬집어 울리며 구걸하기도 한다. 정말이지 인도의 거지들은 해도 해도 너무한다는 생각이 든다.

난 인도의 거지들을 싫어한다. 반 년 남짓 인도를 여행하는 동안 그들에게 동전 한 닢 적선해 본 적이 없다.

"돈 벌고 싶고, 성공하고 싶으면 열심히 일하고 열심히 공부하라!"

나는 그런 아버지 밑에서 26년간 그렇게 배우며 자라왔다. 인도가 나에게 많은 교훈과 경험을 안겨 주기는 했지만, '네 돈이 내 돈이고 우리는 하늘 아래 같은 신의 아들이니, 네가 번 돈 좀 나눠 쓰자' 식의 발상엔 도저히 동의할 수가 없다.

그런 염치없는 대다수 인도 거지에 비추어 봤을 때, 어제 만난 바부라는 녀석은 굉장히 양반인 셈이다. 어디 길바닥에서 주워왔을 법한 칫솔 비스무래한 것을 들고 나타나 '배가 고파요. 선생님!' 으로 수작을 거는 걸로 보아 영락없는 거지였지만, 2루피만 적선하면 나의 샌들을 새것처럼 닦아놓겠다고 허풍을 떨어댔다. 게다가 어디서 배웠는지 모를 영국식 발음의 완벽한 영어를 구사했고, 그것이 신기해 몇 마디 주고받다 보니 결국 내 샌들을 그에게 맡기게 되었다.

녀석은 동대문에서 6000원 주고 구입한 고무 샌들을 붙잡고 10분도 넘게 닦고 또 닦았다. "됐어, 바부. 그만하면 충분히 깨끗해."라고 말해도 좀처럼 넘겨줄 생각이 없는 듯 구두를 잡고 씨름을 했다. 마치 고등학교 시절 배웠던 소설 《방망이 깎던 노인》의 주인공이 된 기분이었다.

바부는 십 여분을 칫솔로 문질렀지만 하나도 달라진 것 없는 샌들을 넘겨주며 "선생님, 2루피 대신 밥 한 끼 사주면 안 되나요? 어제부터 아무것도 먹지 못했거든요."라며 엉겨 붙기 시작했다.

역시 바부는 바보가 아니었다. 2루피만 쥐어 주고 끝내자 했던 게 결국 꼼짝없이 밥을 사주게 된 셈이다. 게다가 나라는 인간이 거지한테는 땡전 한 푼 안 쓴다고 하지만, 정말이 어제부터 밥 한 끼도 못 먹었는지 볼이 홀쭉하게 들어간 녀석의 부탁을 거절할 만큼 매몰차지 못했다.

하는 수 없이 나는 바부를 데리고 숙소 근처에 있는 자주 가던 음식점을 찾았다. 그런데 음식점 앞에서 바부가 갑자기 멈춰 섰다. 자신은 이 음식점에 들어갈 수 없다는 것이었다. 왜냐고 물어봤지만 굳게 입을 다문 채 고개만 가로저었다.

내가 묶었던 뭄바이의 쿨라바Colaba 지역은 대부분 외국인과 근처 비

즈니스맨들을 상대로 영업을 하는 곳이다. 바부는 신분 차별 관습이 뿌리박힌 인도 사회에서 이 레스토랑에 들어갈 수 없는 천한 신분이었던 것이다.

난 그 사실을 눈치 챈 순간, 민주열사라도 된 듯 바부의 손을 잡아끌고 음식점으로 들어갔다. 음식점 카운터를 보던 뚱뚱한 주인은 '잠깐! 너 뭐야?' 하며 그를 매섭게 째려봤지만, 나는 아주 당당하게 눈에 힘주어 말했다. "어이, 그 녀석 내 친구야."

바부는 그곳을 빨리 나가고 싶어서인지 아니면 식구들 생각 때문인지 집에서 먹을 수 있게 포장해 달라고 했다. 레스토랑에 앉은 다른 인도인들은 바부를 향한 매서운 눈초리를 거두지 않았다. 나는 그들의 차가운 시선이 느껴지면 느껴질수록 더 큰 소리로 떠들었다. 바부와 나는 아주 친한 사이이며, 바부는 내 친구니까 여기에 있을 충분한 자격이 있다고 강변이라고 하듯.

그러면서 바부의 사정 이야기를 잠깐 들을 수 있었다. 바부의 고향은 뭄바이에서 무려 수백 킬로미터나 떨어진 자이푸르Jaipur라는 곳이고, 바부의 계급은 수드라(Sudra : 고대 인도의 카스트 가운데 넷째 계급)로 천민이었다. 그곳에서 그는 매일 어느 이름 모를 영국 신사의 차를 닦고 그 품삯으로 20루피씩을 받으며 그럭저럭 생계를 유지했다고 한다. 그러면서 서당 개 삼 년이면 풍월을 읊는다고 귀동냥으로 영어를 배웠단다. 그런데 어느 날 그 영국 신사는 인도에서의 일이 끝났는지 아무런 예고도 없이 떠나 버렸고, 그와 동시에 바부도 직장을 잃었다는 것이다.

"자이푸르에서는 직업을 구할 수가 없었어요. 모두가 차를 잘 닦으니까요. 뭄바이는 큰 도시니까 직업이 많을 거라 생각했어요. 그래서 가족 모두 걸어서 자이푸르에서 이곳까지 왔어요."

'뭐 이런 바보 같은 녀석이 있나? 여행 가이드북 《론리 플래닛》이라도 한 번 읽어 보고 오지. 뭄바이는 아시아 최대에 슬럼가가 존재하는 곳이란 말이야. 이곳에서 당신 같은 사람이 직업을 구하기란 쉽지 않을 걸.'

그런 대화를 나누고 있을 찰나 봉투에 담긴 음식이 나왔다. 녀석은 좀 더 이야기하면서 친해지고 싶은 눈치였지만, 나는 적어도 뭄바이에선 그리 한가한 편이 아니었다. 오늘은 우체국과 기차역을 동시에 들르기로 맘먹었기에 잘 가라는 인사를 하고 헤어지려고 할 때 바부가 나를 불러 세웠다.

"선생님, 제 꿈은 구두닦이 가게를 갖는 거예요. 그러면 우리 가족 모두 굶지 않고 살 수 있어요. 그 구두닦이 가게를 가지는 데 얼마가 필요한지 아세요? 자그마치 400루피에요. 난 평생 가질 수 없는 돈이에요. 하지만 선생님은 500루피 지폐를 많이 가지고 있잖아요. 그 지폐 하나가 나의 인생을 바꿀 수 있어요."

어처구니없는 녀석! 아까 음식 값을 지불할 때 지갑 속에 잔뜩 들어 있던 500루피 지폐들을 본 모양이다. 밥값 정도면 인도의 물가를 감안했을 때 구두 닦는 삯의 10배는 넘게 쥐어준 셈인데, 그 녀석의 사정 때문에 그만한 돈을 산뜻 건넬 수는 없는 노릇 아닌가. 게다가 내가 누구인가? 인도를 여행하는 내내 단 한 푼의 적선도 하지 않은

'Sir, you can change my life!' 라고 말하던 바부의 목소리가
고아까지 가는 12시간 내내 귓가에 맴돌았다.

'냉혈 인간' 아닌가.

나는 그렇게 애처로운 바부의 눈빛을 뒤로 하고 'goodbye, friend'라고 짧게 말하고 사라졌다. 그때 바부의 눈빛을 보는 게 아니었는데…

다음날 나는 고아Goa로 가는 기차에 올랐다. 3등석 요금의 8배나 되는 비싼 요금을 주고 2등석 에어컨 칸에 몸을 실었다. 늘 침대칸이나 3등석을 이용했던 터라, 인도 상류층의 생활을 엿볼 기회가 없어 모처럼의 돈을 쓰기로 한 것이다. 아열대 기후인 인도에서는 절대 느끼지 못할 거라 생각했던 선선한 에어컨 바람과 깨끗하게 정돈된 침대 시트, 담요, 베게. 게다가 역이 정차할 때마다 창문 틈 사이로 손 내미는 거지들을 대비해 안쪽에서만 바깥을 볼 수 있는 매직 밀러까지. 시끄럽고 지저분한 인도 기차역의 북새통은 그저 파리 떼의 소음에 불과했다.

'좋아, 좋아. 오늘밤은 정말 편안히 잘 수 있겠군.'

나는 나의 선택에 만족해하며 침대에 누워 잠을 청했다. 그러나 생각과는 달리 도통 잠이 오지 않았다. 'Sir, you can change my life!'라고 말하던 바부의 목소리가 고아까지 가는 12시간 내내 귓가에 맴돌았다. 헤어지면서 본 마지막 그 녀석의 슬픈 눈빛까지….

아무리 그래도 신발 한 번 닦아줬다고 400루피를 줄 수는 없는 노릇이다. 직장을 잃든 집이 떠내려가든 가족들이 죄다 굶어죽든 그건 녀석의 문제이고, 어찌 보면 그것은 그 녀석의 운명인 것이다. 또 어떻게 다른 사람의 돈이 그 사람의 인생을 바꾼단 말인가? 무엇보다도 그런 사사로운 감정에 휘말려 돈을 뿌리고 다닐 만큼 난 넉넉한 여행자가 아니잖은가.

이런저런 이유를 갖다 대며 나의 행동이 옳았다고 합리화해도 자꾸만 신경이 쓰이는 것은 어쩔 수 없었다. '내가 2등석 대신 3등석을 타고 그 차액을 녀석에게 준다면 녀석의 인생이 두 번이나 바뀔 수 있는 돈 아닌가?' 하는 생각이 고아와 카르나타카Karnataka를 여행하는 한 달 내내 나를 불편하게 만들었다. 지갑에서 500루피짜리 지폐를 하나씩 꺼낼 때마다 바부의 목소리가 귓가에 울렸다.

그깟 만 원도 안 되는 400루피가 뭐라고 나의 신성한 세 번째 인도여행에 이리 장해물이 되는 건가? 정말 짜증나는 일이었다. 아르바이트해서 번 돈과 이것저것 모아놓은 돈으로 어렵게 온 여행인데, 500루피 정도 더 쓰고 덜 쓰고는 문제도 아니었다. 그깟 500루피 지폐 길거리에 흘렸어도 하루면 잊어버렸을 것이다.

결국 남부 여행을 마치고 나는 귓가에 거슬리던 바부의 목소리를 찾아 뭄바이를 다시 찾았다. 그리고 바부를 만났던 그 자리에서 한 시간가량을 서성였다. '그냥 그깟 500루피 줘버리고 말지.' 이건 동정심도 뭐도 아니었다. 그저 여행을 귀찮게 하는 그의 목소리를 지워버리기 위함이었다. 그러나 바부는 나타나지 않았다. 돈벌이가 안 되서 다시 고향으로 돌아갔는지, 아니면 그 한 달 동안 먹지 못해 이 근처에서 뼈를 묻었는지 모를 일이다.

'녀석은 말솜씨가 좋으니 분명 멍청하고 돈 많은 유럽 여행자를 잘 꼬여 구두수선 가게를 차렸을 거야.' 나는 그렇게 단념하고 다음날 라자스탄으로 가는 3등석 기차표를 예매했다. 괜히 바부를 만나러 예정에도 없었던 뭄바이를 들렀다 허탕치고 말았지만, 그게 나란 놈의 한계이고 나인 것이다.

바부는 뭘 하고 있을까? 그때 400루피를 줬으면 정말 그의 인생이 바뀌었을까? 별것 아닌 일이었지만 인도를 여행하는 동안 가끔 바부 생각을 했다.

바보 같은 놈, 네가 무능력하니깐 밥을 굶는 거라고! 열심히 일하고, 열심히 공부해. 그것이 진리야.

근데 그때 그냥 돈을 줄 걸 그랬다. 그깟 만 원도 안 되는 돈…

누구를 위한 인도인가?

'No Problem, No Problem' 언제나 이 말을 입에 달고 다니는 인도인들은 정말 아무 문제가 없어 보인다. 가진 것 없어도 행복함을 느끼고, 주어진 상황에 만족하는 인도인들. 그런 그들을 보면 인간의 행복은 진정 물질적인 것에 있지 않고 정신에 달려 있다는 말을 실감하게 된다.

인도를 여행하기 전까지 '가난해도 행복한 나라'가 바로 인도였고, 나 역시도 물질적 소유욕을 털어버리고 그들과 같이 '초월'의 경지에 오르고 싶었다.

그러나 세 번째 인도를 여행하면서 내린 결론은 '그들은 행복하지 않다' 였다.
세상 어느 누구도 밥을 먹지 못하고, 집이 홍수에 떠내려가는 마당에
행복하다고 말할 수는 없다.
한번은 인력거꾼이 나를 엉뚱한 목적지에 데려다 준 적이 있었다. 가뜩이나
짐이 많은데 시간까지 허비해화가 머리끝까지 났다. 도저히 참을 수 없었다.
큰소리로 왜 엉뚱한 곳으로 데려왔냐며 언성을 높여 따졌다. 그러자 백발의
인력거꾼은 '그래도 열심히 끌고 왔는데 돈은 주세요!' 하며 더 큰소리를 쳤다.
자신의 실수를 인정하면서도 인력거 비 20루피(500원)를 안 줄까봐 불안한
표정이었다.

그 백발 인력거꾼의 눈빛을 본 순간 나는 정신이 번쩍 들었다. 그 눈빛이 영혼 아주 깊은 곳까지 슬픔으로 가득한걸 보았기 때문이다. 그것은 절대 가난해도 행복한 사람의 눈빛이 아니었다. 당장 인력거 비를 주지 않으면 밥을 먹지 못하는 간절함이 가득한 눈빛이었다. 불현듯, 그동안 내가 '서구적 오리엔탈리즘의 환상'에 빠져서 인도를 바라보고 있다는 것을 깨달았다. 11억의 인도인 가운데 4억이 빈민층이다. 매년 수만 명이 기아로 죽어나가고, 수천 명이 홍수에 떠내려간다. 그래도 그들은 언제나 No problem이라 말한다. 힌두의 윤회사상에 의해 이승에서 자신의 처지를 불평하면 다음 생에는 더 나쁜 카스트로 태어나기 때문이다. 빈민들은 다음 생에 더 잘살기 위해 불행을 순응하며 살아간다. 그러나 그것은 '정신적 초월'이 아닌 '인생의 체념'인 것이다.

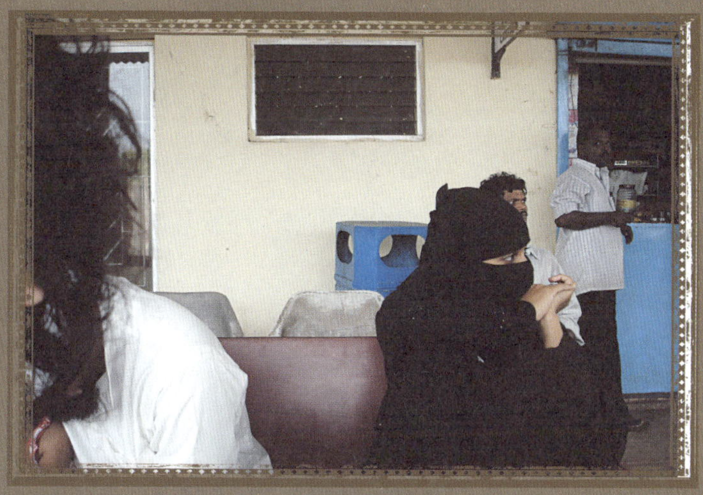

아이러니컬하게도 나를 비롯한 많은 여행자들이 인도에 빠지게 된 밑바탕에는
힌두교라는 종교가 있다. 그러나 힌두교는 인도인 모두를 위한 종교가 아니다.
절대적으로 기득권만을 위한 종교이다. 환상에 빠진 여행자를 위한 인도가
아니라 그곳에 사는 인도인을 위한 인도라면 인도인을 짓누르는 힌두교는
없어져야 맞다.
난 지금도 여전히 나만의 놀이터인 인도가 언제나 한결같았으면 하고 바란다.
그러나 인도의 빈민촌을 지나칠 때마다 나는 허공에 대고 묻는다. '도대체
누구를 위한 인도인가' 하며 말이다.

하늘에서 떨어진 아이들

오늘 당신이 내 사랑이라는 것을 느낄 수 있어요.

나를 위해 마법의 세상에서 내려온 당신.

오! 달콤한 고통이 내 마음을 적시네요.

그 아이들은 우리에게 다가왔다는 표현보단 하늘에서 떨어졌다는 표현이 더 어울리는 듯했다. 아무것도 보이지 않는 칠흑 같은 밤이었다. 뭄바이에서 잠깐 만나 남부를 같이 여행한 타이완 커플 보니 Bonnie와 위니 Weinne, 한국에서 나를 보러 찾아온 진환이 형과 함께 호텔 옥상에서 조촐한 맥주파티를 하고 있을 때였다.

'하루 방값 100루피(2500원)! 게다가 옥상까지 쓰게 해주지!' 라는 호텔 주인의 끈질긴 설득에 반 억지로 묵게 된 호텔이었지만 옥상에서 본 경치는 1000루피가 아깝지 않을 정도로 아름다웠다. 하늘을 가득 매운 별과 경이로운 경치가 더해져 옥상 위의 작은 공간은 마치 마법의 세상과도 같았다.

2007년 여름, 남부 카르나타카 주의 험피Hampi, 나무 한 그루 없이 돌무더기로만 이루어진 산들과 그 사이를 꼬불꼬불 돌아가는 강, 이탈리아 여행가 디콘티Diconti가 '세상에 존재할 수 없는 풍경'이라고 했던 신비한 곳, 인도 신화의 신(神) 비슈누Vishnu의 7번째 화신인 라마가 다녀갔다는 곳. 그곳에서 우린 마법의 주인공이 되었다.

우리 넷은 말없이 둥그렇게 둘러 앉아 하늘을 바라보며 조용히 맥주 잔을 기울이고 있었다. 그때 느닷없이 인도 아이 두 명이 우리가 있는 옥상으로 올라왔다. 아니 올라왔다기보다 저 멀리 우주 어디에선가 뚝 떨어진 별처럼 우리에게 그렇게 다가왔다. 어찌나 깜깜한 밤이었던지 어떻게 생겼는지조차 알아볼 수 없었다.

"너희들 여기 왜 왔어?"

"…"

아이들은 영어를 모르는 듯 우리의 질문에 아무런 반응이 없었다. 다행히 나는 자원봉사를 하면서 익혔던 카나다(카르나타카의 언어)로 삐걱삐걱 말을 끼워 맞춰 대화를 해나가기 시작했다.

"난나 헤사루 리오, 헤사루? – 내 이름은 래우야, 너네는?"

"난 비루파샤, 앤 쉬바난다"

"비루파샤 Why 번니? 슬리핑? – 비루파샤 여기 왜 왔어? 잠자러?"

"하우두 하우두, – 응응"

유심히 보니 그들 겨드랑이에는 둘둘 만 모포가 있었다. 아무래도 집이 없어서 이곳에서 잠을 해결하는 모양이었다. 아이들은 그들의 잠자리에 느닷없이 외국인이 점령해 버려 놀란 것 같았다.

우리는 쉬바난다와 비루파샤를 맥주 파티에 초대하기로 했다. 다행히 맥주 안주로 사온 인도산 싸구려 과자가 아이들의 입맛에 맞는 모양이었다. 타이완에서 댄서였다는 보니Bonnie는 달빛을 받으며 천천히 몸을 흔들기 시작했고, 나는 그녀의 율동을 지켜보며 하모니카를 불기 시작했다. 아이들은 마냥 신기한 듯 조용히 우리를 지켜보기만 했다.

맥주가 거의 동이 날 무렵, 나는 비루파샤에게 말을 걸었다.

"비루파샤, 난나 카아나 베에쿠-비루파샤 우리를 위해 노래 좀 불러 줄래?"

"카아나? 난나게 카아나?-노래? 내 노래?"

"하우두 쏭 쏭-응, 노래! 노래!"

약간 지루해진 틈을 타 그냥 해본 부탁인데, 아이는 사뭇 진지하게 노래를 부르기 시작했다.

오늘 당신이 내 사랑이라는 것을 느낄 수 있어요.
나를 위해 당신은 마법의 세상에서 왔지요.
오! 달콤한 고통이 내 마음을 적시네요.

우리 넷은 마치 마법에 걸린 듯 입을 벌린 채 멍하니 아이를 쳐다보았다. 너무나 아름다운 목소리였다.

"한 번 더! 한 번 더"

우리는 오두방정을 떨며 한 번 더 불러주기를 청했다. 갑자기 등장한 아이가 불러준 마법 같은 아름다운 노래에 순식간 빠져버리고 말았다. 비루파샤는 다시 노래를 부르기 시작했다. 나는 얼른 가지고 있던 MP3를 녹음 모드에 두고 그 마법의 노래를 녹음했다. 이 아름다운 목소리를 오랫동안 간직할 수 있다는 사실에 너무 기분이 좋았다. 그 보답으로 무엇인가를 주고 싶었던 나는 여행에서의 필수품과 같았던 하모니카를 비루파샤에게 선물했다. 아이는 작은 손으로 하모니카를 쥐더니 한참을 고민했다.

"빠라라라~" 드디어 부는 법을 알아낸 비루파샤는 까르르~ 소리를 내며 웃었다. 조그만 물건이 마냥 신기하고 마음에 쏙 드는 모양이었다.

밤늦게까지 놀다 방으로 돌아온 나는 녹음된 비루파샤의 노래부터 들었다. 역시나 너무 멋진 목소리였다.

함피를 떠나 북인도를 여행하는 동안 내가 MP3를 통해 가장 많이 들었던 노래는 팻 메스니Pat Metheny의 기타 연주도, 비틀즈의 음악도 아닌 비루파샤의 노래였다. 아이의 목소리는 언제, 어디에나 나를 몽환적인 기분으로 이끌어줬다. 게다가 카르나타카에 살고 있는 친구 프라빈에게 가사의 내용을 물어보곤 또 한 번 놀라지 않을 수 없었다.

'어떻게 아이가 이런 로맨틱한 노래를!'

꿈만 같았던 함피에서의 밤. 지금 생각해도 칠흑 같은 밤에 옥상에서 만난, 얼굴도 보이지 않는 비루파샤가 정말 실존하는 아이인지, 비슈누가 하늘을 지나가다가 우리를 위해 잠시 떨어뜨려준 아이인지 모르겠다.

http://www.laewoo.com에 가시면 비루파샤의 노래를 들으실 수 있습니다.

바람에 흘러가는 집시

"옛날 옛적 하늘을 자유롭게 날아다니는 작은 새들이 있었다.

날지 못하는 짐승들은 그들을 시기하고 저주했다.

그 탓에 새들의 날개는 황금으로 바뀌고 그들의 비행은 끝이 났다.

땅 위에 내려온 작은 새들은 인간이 되기 위해

바람이 불어오는 곳을 찾아 끊임없이 떠돌아야만 했다.

그들이 바로 집시, 롬(Roms)이라고 불리고 싶어 하는 사람들이라 한다."

인도인들에게 아버지의 땅이라 불리는 성지, 북부 라자스탄의 푸쉬카르Pushkar. 어느 날 나는 그곳의 한 작은 레스토랑에서 우연히 만난 한국인 여행자 승수와 함께 낙타를 타고 메마른 초원을 걸었다. 낙타 등에 올라 앉아 인적 드문 사막과 초원을 거닐며 하모니카를 불 때면, 내가 살아 있음에 감사하고 또한 꿈보다 더 달콤한 이 시간이 영원토록 지속되길 마음속으로 기원했다.

고맙게도 사막에서의 시간은 낙타의 발걸음만큼이나 느리게 흘러간다. 우리의 인생도 이렇게 여유롭게, 욕심내지 않고 한 발자국씩만 걸어간다면 얼마나 좋을까. 낙타가 한발 한발을 내디딜 때마다 나는 덧없는 사막 풍경에 스며들어 어느새 존재조차 잊어버리게 된다. 이 순간 이 큰 지구 속에 나는 그저 거대한 풍경화 속을 떠도는 작은 새에 불과했다.

주머니에서 하모니카를 집어 들었다. 집에 있을 때는 많은 곡을 연습했는데, 정작 악보 없이 하모니카만 들고 연주하니 한국 동요와 비틀즈의 음악밖에 떠오르지 않는 건 왜일까? 사막과 전혀 어울릴 것 같지 않던 〈섬 집 아이〉를 불자 뒤에 뒤따라오던 승수가 조용히 노래를 부르기 시작했다.

'바다가 불러주는 자장노래에 팔 베고 스르르르 잠이 듭니다.'

"형, 다음번 인도에 올 때는 날 고아로 데리고 가줄 수 있어? 난 태어나서 한 번도 바다를 본 적이 없어."

설마 가사의 내용을 알고 물어본 건 아닐 텐데, 슬픈 멜로디에 잠시 조용해진 낙타몰이꾼 데르무가 사뭇 진지하게 물어왔다.

"그럴까? 근데 낙타를 타고 그 곳까지 갈 수 있어?"

"응, 난 태어나면서부터 낙타를 몰았어. 시간은 걸리겠지만 꼭 갈 수 있을 거야."

"그래! 그럼 다음번 인도여행 땐 낙타를 타고 바다로 가자."

녀석은 웃었다. 나도 고아 해변에 나의 낙타 줄리의 발을 담글 생각을 하니 신이 났다. 우리는 그 상상만으로 행복했다. 그런데 어쩌지? 언제가 될 줄은 모르지만 난 이런 약속 정말 지킨단 말이야. 메마른 땅의 상징인 낙타를 끌고 바다를 간다니! 사람들이 우릴 미쳤다 그럴 거야.

해가 질 무렵 우리는 집시의 마을에 도착했다. 마을이라기보다는 주위에서 주워온 폐기물로 만든 간이숙소 같았다. 아무렇게나 만들어졌음에도 황혼과 만난 그들의 보금자리는 눈이 부실 만큼 아름다웠다. 외국인 여행자를 발견한 꼬마 집시들이 순식간에 우리를 둘러쌌다.

"Photo, Photo! 원 루피 원 루피"

나는 짐을 꼭 끌어안고 순간적인 경계심을 나타냈다. 인도에서는 쉽게 감성적으로 변하고 쉽게 집중력이 흐트러진다. 경험상 그럴 때 등장하는 것이 바로 인도의 약탈자들이었다. 그래서 인도를 여행할 때 한 순간도 방심하지 않으려 노력했다. 또한 소설 속의 집시들은 대부분 교활하고 더럽고, 성적으로 타락했으며 도둑질을 일삼지 않았나.

라자스탄의 음악은 술처럼 사람의 정신을 몽롱하게 만드는 힘이 있었다.
그 순간, 그 공간 속에 존재하는 우리 모두는 바람을 떠도는
아름다운 새가 되어 하늘 위를 날고 있었다.

"짤로, 짤로! -저리 가, 저리 가!"

내가 들러붙는 아이들을 하나둘씩 떼어놓을 때 승수는 뭐가 그리 신기하고 좋은지 낄낄거리며 아이들과 어울려 놀았다. 조금 후 그 집시촌의 우두머리가 등장해 우리를 환영해 주었고, 오랜만에 온 외국인 손님을 맞아 난데없이 집시촌에 파티가 열렸다.

터번을 둘둘 머리에 두른 남자들은 각종 악기를 들고 나와 음악을 연주했고, 눈이 아플 정도로 화려한 의상과 장신구를 갖춘 집시 여인들은 춤을 추기 시작했다.

승수는 신이 난 모양이다. 조금 망설이나 싶더니 그녀들과 어울려 어디서 배웠는지 모를 재미난 춤을 추기 시작한다. 꺄르르~ 순간 마을 전체가 웃음바다가 되었다.

'뭐야 이거 장난이 아니잖아!' 남일 보듯 뒤에서 박수만 치던 내 몸도 어느 순간인가부터 들썩거리기 시작했다. 라자스탄의 음악은 술처럼 사람의 정신을 몽롱하게 만드는 힘이 있었다. 나의 참을성은 서서히 한계로 치달았고, 집시 연주가들은 그걸 눈치 챘는지 더 정열적으로 타악기를 두드리기 시작한다. 여인들의 이마에 구슬땀이 맺히기 시작했다. 춤을 추던 작은 꼬마 집시는 유혹자라도 된 듯 연신 나오라는 손짓을 하였다.

"Seize the moment. 불명확한 미래의 준비보단 이 순간의 행복을!"

난 그만 끌어안고 있던 가방을 내팽개치고 꼬마 집시의 손을 잡았다.

상황이 이렇게 되자 낙타몰이꾼, 촌장, 아이, 여자 할 것 없이 그곳에 있던 모든 사람들이 하던 일을 멈추고 노래 부르고, 춤추기 시작했다. 음악소리는 조금씩 우리의 심장 박동 수를 제압하기 시작했고, 내 이마에도 그들과 같은 땀방울이 흘러내리기 시작했다.

그 순간, 그 공간 속에 존재하는 우리 모두는 바람을 떠도는 아름다운 새가 되어 하늘 위를 날고 있었다. 해가 지평선과 마주치자 세상은 온통 황금색으로 변하였다. 꿈만 같이 황홀했던 시간. 인간의 자유의지를 축복하는 집시들의 춤사위는 끊일 줄 몰랐고, 내 인생 최고의 축제는 그렇게 해가 질 때까지 계속되었다.

게으른 어느 애연가의 초라한 변명

인도를 한두 달 여행하다 보면 자연스럽게 기차 연착에 적응되고, 또한 관대해진다. 그도 그럴 것이 제시간에 도착하는 기차도 거의 없거니와 어렵사리 출발한 기차도 무슨 이유에서인지 중간에 두세 시간 서버리는 일이 다반사이기 때문이다. 결국 예정 시간에 도착하는 법은 극히 드물다.

그러나 기다림 그 자체가 나쁜 것만은 아니다. 때론 연착 시간 동안 지난 여행을 머릿속으로 정리한다든가 현지인이나 다른 여행자와 만나 이 얘기 저 얘기를 하며 여행보다 더 즐거운 시간을 만들기도 한다.

2004년 11월, 나는 인도를 떠나는 마지막 기차를 타기 위해 라자스탄 동부의 아즈메르Ajmer 역에 있었다. 오후 10시에 떠나기로 되어 있던 델리 행 기차는 한 시간, 두 시간을 기다려도 오지 않았다. 평소 같으면 기차 역무원들이 나와 얼마쯤 연착된다고 말해주었을 텐데 그날은 코빼기도 보이지 않는다. 근처 푸쉬카르에서 열린 낙타 축제로 많은 승객을 받아 피곤한 탓인 것 같았다.

인도에서는 기차가 연착되었다고 담요를 제공해주거나 음식 파는 곳의 영업시간을 연장해주거나 하지 않는다. 바빠 죽겠는데 왜 기차가 안 오냐고 항의하거나 표를 환불해 달라고 역무원을 찾아가는 인도인 역시 없다. 다들 어디서 가져왔는지 주섬주섬 담요를 꺼내어 느긋하게 꿈나라로 향할 뿐이다.

처음 인도에 와서 그들의 그런 느긋함을 보면 나도 모르게 답답해지고 울화통이 치밀었지만, 시간이 흐를수록 그들의 느릿함과 여유로움을 동경하게 된다. 그들은 지나치게 서두르는 것을 '생명의 소모'라 생각하고 있다. 인도에서 시간은 '금'이 아닌 '생명의 힘'이다.

여느 나라 못지않게 한국에서의 우리는 서두르고 있다. 아니 정확히 말하면 서둘러야 한다고 생각하고 있다. 하지만 인도에 와서 보면 우리의 그런 조급증이 이상하게 느껴진다. 세상 어느 누가 느린 것이 열등하다고 정의라도 했던가. 어디로, 어떻게 갈지 모르는 인생, 굳이 서두를 필요가 있을까? 인도를 좋아하는 많은 여행자들은 아마 이 '샨티샨티' 정신에 반해 버리는 것이 아닐까…?

만약 우리나라에서 기차가 5, 6시간 연착되는 일이 벌어진다면 그것은 저녁뉴스 거리가 될 것이고, 철도청 홈페이지는 신경질적인 네티즌으로 시끄러울 것이다. 나 역시 그런 환경 속에서 살아왔지만, 인도를 여행하면서 많이 순화되었고 3~4시간 연착된 기차를 기다리는 건 그다지 힘든 일이 아니었기에 사이먼과 가펑클의 〈59번째 다리〉라는 노래를 흥얼거리고 있었다.

그대는 너무도 빠르게 가고 있네

좀 더 천천히,

이 아침이 계속 되도록

자갈이 깔린 길을 천천히 걸으면

즐거운 일이 생길 것 같은

행복한 기분

'다라다~ 행복한 기분'을 흥얼거리다가 문득 상황이 안 좋아지고 있다는 것을 인지했다. 가지고 있던 물은 다 떨어져 가고 자정이 가까워지자 점점 배가 고파왔다. 대략 몇 시쯤 도착할지 알면 잠시 시내에 나가 먹을거리라도 찾아올 게 아닌가. 게다가 일 년에 한 번 있는 낙타 축제를 본답시고 아침 일찍부터 일어나 하루 온종일 싸돌아 다녔더니 몸이 피곤해 자꾸 눈이 감겼다.

이럴 때 가장 필요한 건 담배다. 담배는 잠시 동안이지만 졸음을 억제하고 식욕을 감퇴시키며 집중력을 강화시켜 주는 '대단한 효과'가 있다. 과학적으로 증명된 건 아니지만 적어도 나에게는 그랬다. 아무래도 오늘은 담배를 많이 피우게 될 것 같다는 생각을 하며 담뱃갑을 열었다. 그런데 남아 있는 담배는 딱 한 개비!

'아~' 탄식이 절로 나왔다. 이 긴 밤을 어떻게 담배 한 개비로 견딘단 말인가? 모든 상점이 문을 닫아서 이젠 사러 갈 수도 없다. 지금 이 담배를 피워 버리면, 그 다음은 담배 없이 기차를 기다려야 한다. 피울까 말까 안절부절못하던 나는 결국 '말까' 쪽으로 결론을 내렸

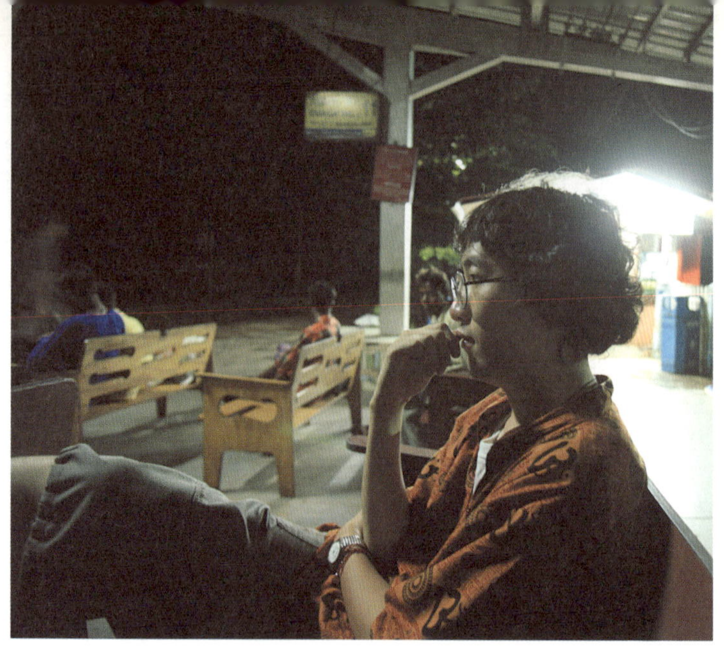

다. 가장 견디기 힘든 순간을 위해 마지막 담배를 아끼기로 하고 주머니 속에 다시 고이 모셔두었다.

그때부터 나와의 전쟁이 시작되었다. 몰려오는 졸음과 걷잡을 수 없는 배고픔, 거기다 담배를 피우고 싶은 욕망까지 꾹꾹 참아가며 기차를 기다렸다. 그렇게 기차 기다리기를 4시간 반. 통틀어 6시간 넘게 기차를 기다린 것도 힘든 일이었지만, 그보다는 담배 참는 일이 더 힘들었다. 더 이상은 버틸 수 없었다.

결국 나는 마지막 담배를 꺼내어 입에 물었다. 조심스레 불을 붙이고 깊이, 아주 깊이 한 모금 빨아들였다. 건조한 탓에 바싹 말라 있던 담배는 '바삭바삭' 소리를 내며 타들어가기 시작했다. 발끝부터 머리끝까지 뻗어 있는 내 몸의 모든 신경세포는 몇 시간 만에 만난 니코틴에 이리저리 날뛰기 시작했다. 가슴속에 스며드는 산바람처럼 시원한 담배 연기와 인도산 담배 향기.

아! 그때 기분을 어떻게 서투른 글 몇 줄로 표현할 수 있을까? 꽁초가 될 때까지 담배를 피면서, '담배 피우기를 정말 잘했어!' 라고 중얼거리는 내가 철없는 아이 같았지만, 그것 역시 '애연가의 행복' 이라고 말한다면 궤변일까?

요즘 사회는 종종 담배 피는 사람을 미개인 취급한다. 흡연실이 따로 마련되어 있던 건물은 점점 금연 건물로 변해 버리고, 텔레비전을 켜면 경고를 넘어서 협박 수준의 광고가 버젓이 방영된다. 그런 판국에 담배 예찬이라니….

훌륭한 사람이 되려면 언제나 남보다 앞서 가야 하고, 순간의 유혹은 뿌리쳐야 한다. 불확실한 미래를 위해 현재를 희생해야 하는 것이 우리 세상의 미덕이다. 게다가 금연은 희망사항이 아닌 필수사항으로 바뀌어가고 있지 않은가.

한국에선 나 역시도 열심히 살아가고 있는 한 명의 청년이다. 하지만 인도에 여행 오면 느릿느릿 거리를 산책하고, 아무 걱정 없이, 오히려 감사함을 느끼며 담배를 피운다.

왠지 나는 인도에만 오면 다 큰 반항아가 된 것 같은 느낌이다. 그런 환경을 제공해주는 것이 인도에 반한 이유 가운데 하나라고 한다면 누군가 이해해 주려나? 그래 봤자 게으른 애연가의 초라한 변명이 되겠지만 말이다.

Full Name
Res. Add
City
E-mail Address
Res. Phone No.
Destination Contact Phone No. :
Flight No. & Date
Itin

우정이라는 마법

우정이라는 치유력을 가진 마법 덕분에 좋은 순간은 더 좋아졌고,
나쁜 순간은 머릿속 지우개처럼 깨끗이 잊혀졌다.

−M.I.L.K

पूरा नाम
Full Name
घर का पता
Res. Address
State :
शहर :
City :
ई-मेल पता :
E-mail Address :
घर का फोन नं. :
Res. Phone No. :
गंतव्य स्थान सपर्क फोन नं. :
Destination Contact Phone No. :
उड़ान संख्या और तारीख :
Flight No. & Date :
उड़ान कार्यक्रम :
Itinerary :

Friends will be friends

나는 지금도 2004년 쿤다푸라Kundapura 해변에서 보았던 그 파도를 잊지 못한다. 족히 내 키 두 배쯤은 됨직한 파도. 한 번 밀려올 때마다 두세 바퀴를 구른 다음에야 간신히 숨 쉴 수 있었던 사납고 거칠었던 파도. 그때 내가 가지고 있던 외로움과 슬픔, 증오, 분노 등 모든 감정들을 삼켜버렸던 파도, 그 해변.

2005년 여름, 나는 친구 승훈이와 함께 두 번째 인도를 찾았다. 승훈이는 고등학교를 같이 다녔던 동네 친구로 이상하게도 내가 인도 이야기만 하면 귀를 쫑긋 세우고 듣던 녀석이었다. '더 얘기해줘! 라고 조를 때만 해도 스쳐 지나가는 관심인 줄 알았는데, 그 이야기들이 녀석의 마음속에서 인도의 열병으로 자라났나 보다. 결국 여름 방학을 빌어 녀석은 나와 함께 인도로 따라나섰다.

뭄바이, 고아를 거쳐 카르나타카 주로 가는 기차 안에서 2004년에 찾았던 '기억 속의 그 해변'을 찾아가 보자고 승훈에게 제안했다. 지도에도 없고, 가이드북에 언급되어 있지 않은 보잘 것 없는 해변이지만, 승훈이는 아주 흔쾌히 그러자고 했다. 아니 나보다 더 가보고 싶어 안달이 난 듯했다. 언제 가면 좋을지 빨리 계획을 잡자며 흥분했다. 아마도 인도에 오기 전부터 '내 생애 가장 아름다운 해변'이라고 허풍을 떤 때문인 것 같았다.

카르나타카 해변으로 향하던 날은 정말 눈부시게 새파란 하늘을 뽐냈다. 우리 둘은 릭샤를 타고 바람을 가르며 쌩쌩 달렸다. 조금씩 느껴지는 바다 냄새와 시원한 바람이 나의 가슴을 간질이기 시작했다.

그렇게 한 시간 남짓 달렸을까? 기억 속의 그 해변은 꿈처럼 다시 내 눈앞에 펼쳐졌다.

릭샤가 서자마자 나는 가방을 내팽개치고 웃옷부터 벗어던졌다. 그리고 카르나타카 해변으로 달려가 1년 만에 재회의 기쁨을 만끽하다. 괴물같이 높은 그 파도에 몸을 부딪고 또 부딪혔다. 정신 나간 사람처럼 소리 지르고 아무렇게나 사방팔방 뛰어 놀았다. 비쩍 마른 몸뚱이는 그 해변을 정복이라도 해보겠다는 듯 이리 뛰고 저리 뛰고 난리도 아니었다.

아주 어렸을 때부터 나는 이렇게 넓은 놀이터가 가지고 싶었던 것 같다. 아무것도 거치적거리지 않는, 아무리 뛰어도 끝이 보이지 않는 그런 곳. 파란 하늘과 갈매기가 친구가 되어줄 수 있는 그런 곳.

주위를 둘러보니 넓디넓은 그 해변에 승훈이와 나, 둘밖에 없었다. '우리끼리 감출 게 뭐가 있어?' 나는 좋다며 남은 바지마저 벗어던져버렸다. 승훈이 녀석은 아무것도 걸치지 않은 채 알몸으로 노는 내 모습이 재미있는 듯 낄낄거리고 웃었다. 녀석 역시 잠시 후 옷가지를 훌훌 벗어버리고 바다 속으로 뛰어들었다.

"야, 이렇게 큰 파도는 정말 처음이야!"

이곳에 오기 전 파도가 어마어마하게 높다는 나의 설명에, '설마 파도가 내 키보다 크려고?' 하며 믿지 않던 185㎝의 녀석도, 파도에서 몇 번을 구르고 나서야 결국 내 말에 승복하게 된 모양이다.

우리가 그곳에서 뭘 하며 놀았는지는 정확히 기억나지 않는다. 서로 발로 차고 목 조르고, 도망가고, 때리고…. 인도라는 타임머신을 타고

우리는 유년시절로 돌아간 듯했다. 이해타산 없이 그저 웃고 떠들고 뛰어다니던 10년 전의 그 시절로.

얼마나 시간이 지났을까? 우리 둘은 결국 탈진 직전 상태가 되어 해변에 드러눕게 되었다. 그렇게 멍하게, 아무 말 없이 파란 하늘만 보고 있어도 너무나 행복했던 그 순간. 코끝을 간질이던 모래 냄새와 지친 영혼을 달래주던 남인도의 바다 바람. 그 순간만은 더 많은 친구도 필요 없었다. 그저 승훈이와 이렇게 누워 있는 시간이 지속되기만을 바랐다.

어느 날 정확한 목적 없이 인도로 떠났다가 인도에 푹 빠져버린 철없는 녀석과 전염이라도 된 듯 인도의 열병에 걸려 결국 이곳까지 따라온 그의 바보 친구. 만약 이 세상에서 친구라는 존재가 없어진다면 우리는 어떻게 이 척박한 세상을 살아갈 수 있을까? 수치와 부끄럼 없이 슬픔과 행복, 꿈을 같이 나눌 수 있는 존재. 그저 안 보이면 찾으러 다니고 만나면 아무 얘기나 던져도 서로를 이해할 수 있었던 존재. 나

에게도 그런 친구가 있다는 게 너무나도 행복했던 그 날의 기억.

'프레디 머큐리! 당신 말이 맞았어! 친구는 우리 인생을 풍요롭게 만

드는 존재야!'

또 다시 맞는 빨간 글씨, 노는 날.

돈은 다 떨어지고 애들은 난리법석을 치고 있지,

사랑하던 사람은 쓸모없는 것들만 잔뜩 남기고 현금 몽땅 챙겨 가지고

집을 나갔지.

가슴이 아파. 의사는 파업 중이지.

나에게 필요한 건 휴식, 사랑. 그건 쉽지 않지.

그러나 나에게 믿고 기댈 친구들이 있어. 친구들은 역시 친구들이거든.

사랑이 필요할 때도, 친구들은 마음을 주고 관심을 주지.

살면서 되는 일 전혀 없고 모든 희망 잃었을 때도 두 손 내밀어 봐.

그대에게 친구라는 존재가 있으니깐

-Queen의 〈Friends will be friends〉 중에서

세 가지 약속

인도 라자스탄 주 남부에 위치한 작은 관광 도시 우다이푸르Udaipur. 인도인들은 이 도시가 '세계에서 세 번째로 아름다운 도시'라며 매번 허풍을 떨어댔다. 많은 나라를 여행해 보지 못한 탓에 이 도시가 과연 순위에 들 정도인지는 잘 모르겠지만, '해가 뜨는 도시'라는 이름처럼 인도에서 가장 로맨틱한 도시임에는 분명해 보였다.

인공호수 피촐라 호수Lake Pichola에는 아침마다 꿈에서나 봄직한 물안개가 피어올랐고, 저녁나절에는 도시 전체가 노란 개나리 색으로 젖어들어 탄성을 자아냈다. 나는 이 멋진 분위기가 좋아 자원봉사를 하던 쿤다푸르를 제외하고는 이곳 우다이푸르에서 가장 오랫동안 머물렀다.

우다이푸르는 분위기만큼 사람들을 가깝게 해주는 마력이 있었다. 누구하고나 친구가 될 수 있었고, 쉽게 우정과 사랑을 나눌 수 있었다. 나 역시 피촐라 호수 앞의 게스트 하우스에서 인도에서의 소중한 인연을 만나게 되었다. 타이완에서 온 커플 섀도Shadow와 제프Jeff라는 친구들이었다.

"나는 인도의 도시들 중 우다이푸르가 가장 아름답다고 생각해! 왜냐하면 너희들을 만난 곳이니까…."

언젠가 셋이 모여 맥주를 마실 때 내가 이런 말을 했더니 섀도와 제프는 박장대소를 하며 거짓말하지 말라며 오히려 나를 실없는 녀석 취급했다. 하지만 사실이 그랬다. 섀도와 제프를 만났기 때문에 우다이푸르는 더 아름답고 소중한 기억들로 가득했다. 비록 같이 여행하는 열흘이라는 시간 동안 짜릿한 추억을 만들진 못했지만, 우리는 언제나 서로를 배려했고, 편안하고 즐겁게 인도를 즐기며 다녔다. 마치 어렸을 적 친구처럼….

나는 이 친구들을 생각하면 우리가 인도에서 했던 세 가지 약속이 떠오른다. 그 약속들은 인도에서의 기억과 우리의 우정을 더욱 풍요롭게 만들어주었다.

첫 번째 약속은 무척 쉬운 미션(?)이었다. 우다이푸르에서 헤어지기 전에 한 약속인데, 일주일 뒤 낙타축제가 열리는 푸쉬카르에서 다시 만나자는 것이었다.

"11월 18일 푸쉬카르의 메이어Mayur 게스트 하우스 앞에서 만나는 거야!"

우리는 휴대 전화도 없었고, 급하게 헤어지느라 이메일 주소도 교환하지 못했다. 그냥 18일 정오 즈음에 그 호텔 앞에서 만나자는 보증 없는(?) 약속만 했다. 물론 흔쾌히 약속을 지키겠고 했지만, 사실 지킬 수 있을까 하는 의구심이 마음 한가득이었다.

한국에서는 왠지 휴대 전화가 없으면 누군가를 못 만날 것 같고, 만나기 10분 전까지도 서로의 위치를 파악한다. 그런데 이 넓은 인도 땅에서 말로만 이루어진 그 약속이 과연 지켜질까 하는 생각이 들었다.

일주일 뒤, 나는 자이살메르를 떠나 낙타축제가 열리는 푸쉬카르 행 버스에 올랐다. '혹시 약속한 호텔 앞에 갔는데 제프와 새도가 없으면 어떡하지?' 왠지 그들이 나타나지 않을 것만 같은 불안감이 들었다. 나는 이기적인 사람이라 그런지 나 혼자만 약속을 지키고 상대방

이 펑크를 내면 무척 억울해 한다. 만약 그들이 약속 장소에 나타나

지 않으면 너무나 실망스럽고 괜히 약속을 했다는 후회를 하게 될 것

같아 벌써부터 좌불안석이었다.

그러나 버스에서의 불안감은 기우에 지나지 않았다. 푸쉬카르에 도

착해 약속된 시간에 약속 장소에 나갔더니 제프가 나보다 먼저 와 있

었다. 그 순간, 나는 환호를 지를 만큼 기쁘고 반가웠다. 별것 아니지

만 그렇게 지켜진 약속이 어찌나 신기하든지….

난 오랫동안 약속이라는 건 휴대 전화가 만들어주고, 이메일이 만들어

주는 것이라 생각하고 있었던 모양이다. 정말 약속을 지켜주는 것은

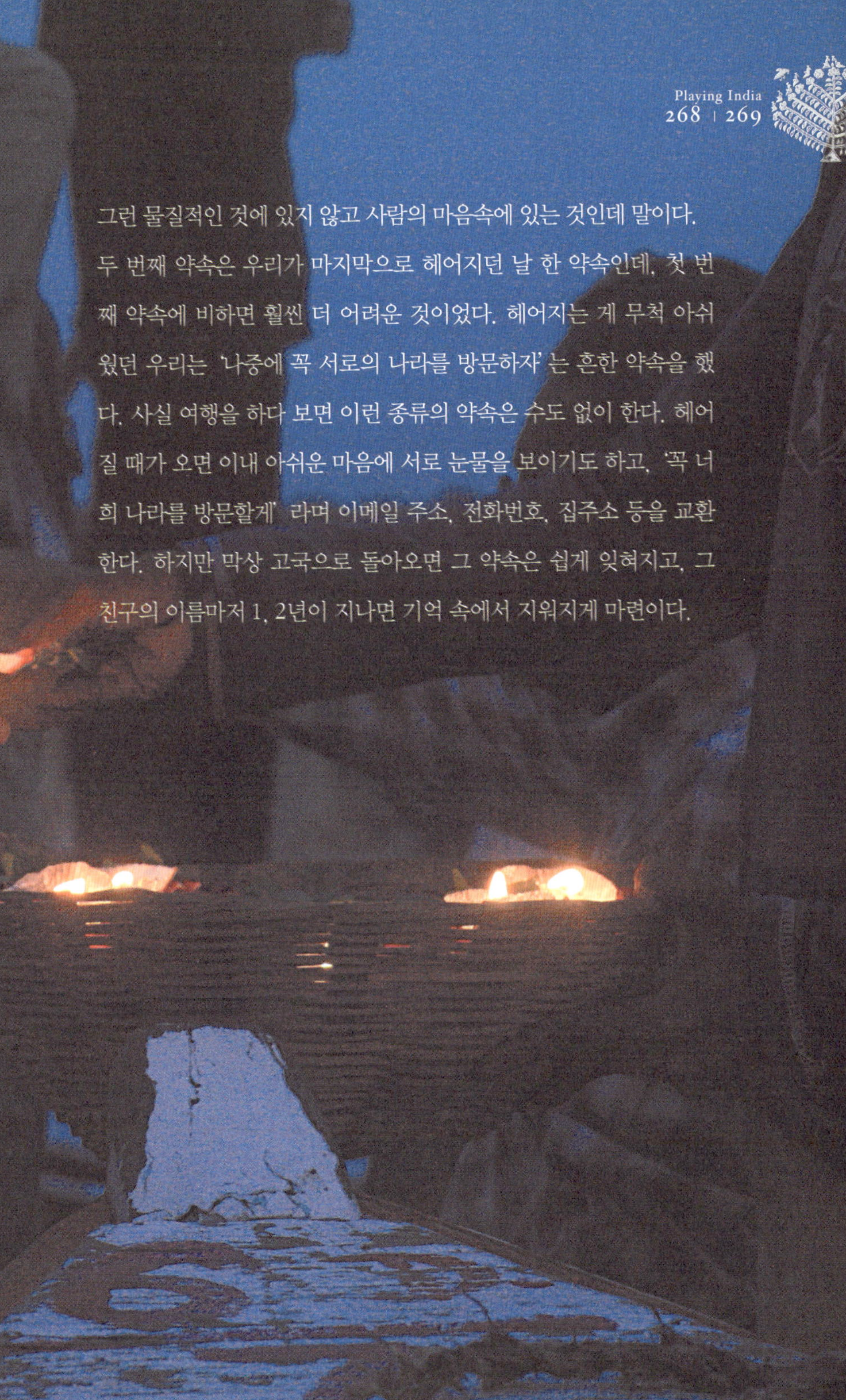

그런 물질적인 것에 있지 않고 사람의 마음속에 있는 것인데 말이다.

두 번째 약속은 우리가 마지막으로 헤어지던 날 한 약속인데, 첫 번째 약속에 비하면 훨씬 더 어려운 것이었다. 헤어지는 게 무척 아쉬웠던 우리는 '나중에 꼭 서로의 나라를 방문하자'는 흔한 약속을 했다. 사실 여행을 하다 보면 이런 종류의 약속은 수도 없이 한다. 헤어질 때가 오면 이내 아쉬운 마음에 서로 눈물을 보이기도 하고, '꼭 너희 나라를 방문할게'라며 이메일 주소, 전화번호, 집주소 등을 교환한다. 하지만 막상 고국으로 돌아오면 그 약속은 쉽게 잊혀지고, 그 친구의 이름마저 1, 2년이 지나면 기억 속에서 지워지게 마련이다.

섀도와 제프와는 고국에 돌아와서도 가끔 전화통화도 하며 서로의 안부를 묻기도 했지만, 곧 내 기억 속에 다른 여행자들처럼 잊혀질 거라 예상하고 있었다.

그러던 2005년의 여름의 어느 날, 섀도로부터 국제전화가 왔다. 회사를 옮기게 되어서 일주일간 휴가기간이 생겼는데 그 동안 한국을 방문하겠다는 것이었다.

"한국은 인도처럼 신나고 역동적인 나라가 아니야. 재미없을 텐데 여길 왜 와?" 라고 묻자 섀도는 너무나 간단하게 대답했다.

"너 보러 가는 거야. 내가 약속했었잖아. 한국에 찾아가겠다고."

그리고 결국 그녀는 일주일 뒤 한국 땅을 밟았고, 우리 집에서 가족들과 4일 동안 같이 머무르면서 즐거운 시간을 보냈다. 집 근처 양재천에서 캔 맥주를 마시며 나누었던 인도에서의 추억은 어느 때보다도 더 아름다웠고 꿈처럼 달콤했다.

세 번째 약속을 생각하면 가슴이 떨리고 때론 행복함에 젖기까지 한다. 진담 반 농담 반으로 한 약속이었는데, 그건 바로 인도 기행 책을 출간하자는 약속이었다. 여행을 같이 하는 동안 우리는 서로의 지난 여행이야기 듣는 것을 좋아했다. 각자마다 기이하고 재밌는 여행 이야기를 가지고 있었고, 그 얘기를 서로 들어주다 보면 밤이 새는지 몰랐다. 우리 세 명 모두는 인도에 푹 빠져 있는 상태였다.

어느 날 맥주를 마시다가 '이런 재밌는 이야기를 우리끼리만 나눌 순 없잖아.' 하며 우리는 책을 내자고 호들갑을 떨었다. 취기에 가볍게 던진 약속이었다. 그 후 3년 지나 2007년 여름, 새도의 책이 대만에 발간되었다. 책을 내자고 약속한 지 3년 만에 현실이 되어 버린 것이었다. 원고의 삼분의 이 정도를 진행하고 있던 나는 그 소식을 듣고 더욱 글쓰기에 전념했다. '혼자만 지키면 억울할 것 같던 약속'이 '혼자만 안 지키면 억울한 약속'이 되어버린 것이었다. 그리고 원고가 거의 다 끝나가는 지금, 그 약속을 지키게 된 것 같아 나는 더 없이 행복하다.

인도에서 우연히 만난 여행자 제프와 새도, 그리고 그들과 나눈 세 가지 약속은 항상 수동적으로만 약속을 지켜오던 나에게 약속을 한다는 것이 얼마나 즐겁고 흥분되는 일이며, 또 그 약속을 지켰을 때 얼마나 큰 기쁨과 짜릿함을 가질 수 있는지를 알려주는 좋은 경험이었다. 다음 해의 여행지의 목적지는 아마 타이완이 될 것 같다.

story 14
젊음의 향연

"뭐꼬?! 사람이고 개고 와 길거리에서 다 쳐자고 있노! 일단 맥주부터 한 잔 조지러 가자."

진환이 형이 인도에 와서 처음 던진 말이다.

주위가 너무 고요해 새의 지저귐조차 메아리칠 것 같은 2007년의 몬순. 대학교 선배인 진환이 형이 내가 있는 고아의 언주나Anjuna 해변으로 여행을 왔다. 그는 등장부터가 심상치 않았다. 첫 인도 여행이니 이상한 짓 하지 말고 선불택시를 타라고 했건만, 소음과 함께 오토바이 뒷좌석에 몸을 싣고 등장했다. 실실 웃으며 인심 좋게 50루피나 팁으로 얹어주니 오토바이꾼은 '아니 이게 웬 떡이야?' 하는 표정이다.

"아니 그럴 거면 그냥 택시 타지 뭐 하러 오토바이를 타?"하며 따져 보지만 "왔으면 됐지 뭐 이리 시끄럽노?"하며 오히려 혼쭐을 낸다. 게다가 오자마자 맥주 타령이라니! 이 사람이 인도 처음 여행하는 사람 맞나? 뭄바이 공항에 도착해서 열세 시간 꼬박 기차를 탔으면 피곤할 법도 한데 오히려 따분하다는 표정이었다. 나의 첫 인도 여행과는 비교할 수 없는 여유로움 그 자체였다.

진환이 형의 등장으로 고아에서의 내 생활은 180도 달라졌다. 세상엔 비와 바다밖에 없다는 생각이 들던 평화롭고 한가로운 나날은 온데간데없이 사라지고 말았다. 고요함을 즐기던 나의 생활 역시 엉망진창이 되어버렸다. 그 전까지 하루 세 시간씩 책을 읽고 네 시간씩 글을 쓰고, 바다를 거닐고 명상에 잠기는 일들을 했다. 하지만 형의

등장 이후로는 단 한 줄도 쓰지 못했다. 내가 글 쓰는 동안 옆에서 방해하지 않고 조용히 그림이나 그리겠다는 계약을 완벽히 위반한 셈이었다. 실제로 애초부터 그림 그릴 도구 따위는 준비조차 해오지 않았다.

열흘 남짓 여행을 계획한 진환이 형은 오래 전 고아를 정복하라는 숙명을 안고 온 포르투갈 전사 마냥 오자마자 250cc 오토바이부터 빌려 해변의 도로를 질주하기 시작했다.

"이봐요, 인도는 그런 식으로 쉽게 가질 수 있는 곳이 아니에요."

나는 속으로 비웃었지만 예상과는 달리 무려 3일 동안 6개의 해변을 돌았다. 부산에서 택시 운전수를 했다는 형은 길눈이 남달랐다.

형의 무모함(?)은 인도에 대한 나의 선입견마저 깡그리 부숴버렸다. 억수같이 쏟아지는 비 때문에 도저히 오토바이를 탈 수 없을 것 같은 날에도 내 팔을 잡고 밖으로 끌고나갔다.

"형, 오늘은 정말 어쩔 수 없잖아요."라고 아무리 투정을 부려도 소용없었다. 오히려 시간이 없으니 후딱후딱 돌자며 반 강제로 호텔 밖으로 밀쳐내곤 했다. 나로선 도저히 상상할 수 없는 여행 계획이었다. 그 전까지 읽었던 인도 관련 서적 때문인지 나는 인도에 오면 차분한 마음으로 천천히 걸어 다녀야만 하는 줄 알았다. 인생과 자연을 음미하면서… 그렇게 하지 않으면 인도 여행이 아닌 줄 알았다.

그런 인도의 '샨티샨티' 정신을 무참하게 깨버린 진환이 형 때문에 여행이 정말 재미없었다고 한다면 나는 분명 희대의 거짓말쟁이일 것이다. 매일 계속되는 오토바이 질주와 매일 밤 벌어지는 맥주 파티

덕에 웃음이 끊이질 않았다. 며칠 동안 고요함과 명상으로 텅 비워놓은 마음의 공간에 젊음의 에너지가 차 들어가고, 오토바이로 흩날리는 바람 사이로 젊음의 향기가 느껴졌다. 내 몸은 기뻐서 이리저리 날뛰었다.

'다음엔 말이다. 인도에 오자마자 오토바이부터 하나 사는 기라. 그래서 인도 대륙을 횡단해보는 기라. 아이디어 쥑이제?' 라고 말하며 인도를 떠나던 진환이 형. '이봐요! 인도가 얼마나 큰 나란지 지도나 보고 하는 소리에요? 헛소리 좀 그만 하시지.' 라고 비웃던 나. 그리고 나의 나약함을 다시 한 번 비웃기라도 하듯, 한 달 후 우다이푸르 Udaipur(인도 북서부 라자스탄 주 우다이푸르 행정구의 행정 중심 도시)의 도미토리에서 오토바이로 인도대륙을 남북으로 가로지르는 프랑스 커플

을 만났다.

실로 사람의 몰골이 아니었다. 새카맣게 탄 얼굴과 옷매무새로 보아 길거리에 누워 자고 있는 인도 거지와 별반 다를 것 없는 모습이었다. 그러나 그들에겐 뭔가가 있었다. 강하게 끓어오르는 무언가를 나는 느낄 수 있었다.

그것은 젊음의 도전 의식과 끓어오르는 에너지였다. 오랜만에 노숙을 면한다던 그들은 샤워를 하고 꼭 끌어안은 채 새근새근 잠이 들었다. 옆 침대를 쓰던 나는 그 모습을 보고 얼마나 질투하고 부러워했는지 모른다. 그들의 젊음의 열정을, 그들의 사랑을…

세상의 모든 것은 변한다. 1950년대만 해도 인도의 도로를 달리는

자동차의 수는 30만 대에 불과했다. 그러던 것이 1981년에는 540만 대로 급증했고, 2004년에는 그의 10배가 넘는 5500만 대로 뛰었다. 인도는 성장기 소년처럼 하루가 다르게 불쑥불쑥 자라고 있다. 불과 3년 전의 인도와 지금의 인도의 그 변화를 찾는 건 그리 어렵지 않다. 시골 곳곳에도 고층빌딩과 인터넷 카페가 들어섰고, 엉망진창이었던 도로 역시 눈에 띌 정도로 정리되었다. 인도의 도로는 오토바이를 타기에 너무나 위험하다는 말은 이제 고리타분한 잔소리가 될지 모르겠다.

3년 전, 자원봉사를 하던 쿤다푸르에서도 달라진 모습을 발견했다. 내가 머물렀던 호스트 하우스의 막내 꼬마였던 프라빈이 10센티미터나 자라 제법 어른스러워져 있었다. 올해 열여섯 살이 된 녀석은 멋을 내고 싶었는지 콧수염도 늘어뜨렸다.

그뿐이 아니었다. 하루는 나를 데리고 음침한 카페에 들어가더니 어른인 양 담배를 물고 온갖 똥폼을 잡아댔다. 나는 꿀밤을 한 대 때리고 '엄마한테 이른다?'라며 프라빈을 협박했지만 그것 역시 내가 관여할 문제는 아니었다.

돌아오는 길에 우리는 스콜을 만났다. 그에 아랑곳하지 않고 프라빈은 오토바이를 타고 시속 80킬로미터가 넘는 속도로 도로를 질주했다.

"Slow, Slow!"

뒤에서 녀석의 허리를 잡고 있던 나는 잔뜩 겁을 집어먹고 천천히 가자고 녀석을 닦달했다. 프라빈은 낄낄거리며 더 빠른 속도로 오토바이를 몰며 나에게 외쳤다.

"형! 왜 그렇게 겁이 많아?"

하긴 열 살 때부터 면허 없이 비포장도로를 질주하던 프라빈이 이 정도 스콜에 넘어질 리가 없다. 내가 걱정하고 겁내는 건 인도의 위험한 도로가 아닌 내 자신인지 모르겠다. 어렸을 때는 빠르고, 과격하고, 힘찬 무언가가 좋았는데 조금씩 나이가 들면서 왜 그런 것에 자신이 없어지는지….

프라빈의 집을 떠나던 날, 나는 녀석에게 누군가에게 들었을 법한 말을 부끄럽게 했다.

"야, 프라빈! 다음에 인도에 올 땐 오토바이를 하나 살게. 그래서 같이 인도 전역을 돌아다니자. 아이디어 좋지?"

녀석은 낄낄거리며 대답했다.

"겁쟁이가 과연 할 수 있겠어?"

내가 과연 할 수 있을까?

내 인생 젊음의 향연은 지금부터가 시작이다.

인도를 떠나는 마지막 기차

첫 인도여행을 마치고 한국에 돌아온 나는 몇 번인가 비가 억수같이
쏟아지던 날 우산을 잊고 외출한 적이 있다. 그렇게 비에 흠뻑 젖어
집에 돌아온 날은 반드시 인도 꿈을 꾸곤 했다.

누군가 말하지 않았나. 빗속엔 영혼이 있다고…. 그 수많은 빗속의
영혼들은 나를 인도의 한 거리로 인도해 주었다. 쿤다푸르의 따뜻한
햇살 속 그 거리로….

아침 풀냄새와 인도산 담배향이 가득한 그 거리에서 나는 사랑을 갈구
하던 마나사 조티 장애학교의 아이들과, 뭄바이의 여신 아이비, 자원
봉사의 스승 미보 등 인도에서 만났던 수많은 인연들과 다시 만났다.

때론 나를 집어삼킬 듯 거칠게 덮쳤던 거대한 카르나타카의 파도 속

에서 춤을 추기도 하였고, 쏟아지는 별을 보며 낙타 등에 올라 자이살메르의 끝없는 사막을 거닐기도 하였다. 차곡차곡 쌓아두었던 인도에서의 기억들이 꿈에서 나를 부르고, 나 또한 꿈을 통해 그들을 불러냈다. 내 너무나 생생한 인도의 기억들을.

그런 꿈을 꾼 다음날은 기필코 몸에 열이 오르고, 마음 깊은 곳까지 그리움으로 가득 차 아무 일도 할 수가 없었다. 많은 사람들이 한국에 돌아와서 인도에서의 추억을 잊지 못해 한동안 '인도 병'에 걸린다고들 하던데, 나 역시 비슷한 증세를 가지고 있는 셈이었다. 그리고 그 그리움은 반년이 넘도록 쉽게 사라지지 않았다.
'도대체 내가 왜 이럴까?' 나는 그 병의 정체를 알아내고 싶었다. 사실 첫 번째 인도 여행은 무척 힘들었고, 그다지 좋은 기억만 있는 것도 아니었다. 아니, 오히려 끔찍한 기억이 더 많았다. 그런데도 이상하게 인도만 생각하면 가슴이 아리고, 저리고, 뜨거워졌다. 주위 사람들로부터 인도 갔다 오더니 이상해졌다는 말을 너무 쉽게 듣기 시작했고, 그냥 하루 종일 멍하니 인도만 생각해도 시간이 금방 지나가 버렸다.
인과관계를 따지기 좋아하는 나는 '내가 인도에 빠지게 된 명쾌한 이유'를 알아내고 싶었고, 그 답을 찾아 2005년 두 번째로 인도를 찾게 되었다. 하지만 웬걸, 원인을 찾기는커녕 그 병이 더 심하게 도져버려 인도를 그리워함이 '내 인생 정체불명의 불치병'이 되어 버린 것만 같았다.

2007년 여름, 나는 너무나 당연하다는 듯 인도를 떠나기 위해 짐을 쌌다. 2006년에 돈이 없다는 핑계로 인도여행을 한 해 걸렀더니 나의 마음속은 인도에 대한 열망으로 꽉 차 있었다. 매번 인도여행을 극구 말리시던 부모님도 그걸 눈치 채셨는지, 이번에는 별로 말리지 않으셨다. 그 덕분(?)에 세 번째 인도 여행은 별 저항 없이 이뤄졌다.

그렇게 세 번째로 방문한 카르나타카 주의 쿤다푸르. 얼마나 간절히 오고 싶어 했고, 꿈꿔왔던 거리인가. 꿈속에서만 걷던 그 거리를 다시 밟으니 진정 '현실과 꿈'이라는 경계선이 모호해지는 느낌마저 들었다.

2004년 때 자원봉사를 하던 그 캠프를 찾아가니 옛 친구 프라빈이 휘둥그레진 눈으로 나를 반겨주었다. 뜬금없이 찾아온 내가 무척이나 반갑고 놀라운 모양이었다. 프라빈은 내가 자원봉사를 할 당시 봉사 리더를 맡아온 인도인이었는데, 못 보던 사이에 몸도 튼튼해지고 결혼까지 해 의젓한 남자가 되어 있었다.

우리는 예전처럼 자원봉사 캠프 난간에 걸터앉아 짜이(인도전통차)를

마시며 옛 추억을 나누었다. 여느 때보다도 한가롭고 평화로운 날의 오후였다.

"래우, 지금은 악몽 안 꿔?"

이야기 도중 문득 프라빈이 물었다. 첫 여행 때 카메라를 도난당하고 매일 밤 악몽을 꾸며 잠을 설쳐댔던 모습이 무척 기억에 남았던 모양이다. 그 질문을 받고 난 잠시 생각에 잠겼다. 지금 와서 그것을 악몽이었다고 말할 수 있을까? 아니, 라즈쿠마를 만난 것은 행운이 아니었을까? 라즈쿠마를 만나지 못했다면 나는 옷가지만 든 작은 가방을 들고 인도를 여행하며 진정한 자유를 느낄 수 없었을 것이고, 내가 가지고 있던 오만과 소유욕도 버릴 수 없었을 것이다. 또 뭄바이의 아이비 가족과 만날 수도 없었을 테고, 그런 모든 추억조차 존재 하지 않았을 것이다. 생각해 보니 그는 내게 소중한 선물을 준 고마운 사람임에 분명했다.

"그런데 도대체 뭐가 좋아서 인도를 세 번씩이나 온 거야?"

프라빈은 여러 번 인도에 오는 내가 신기한지 물었다. '사실 그 대답을 찾으러 온 거야.' 라고 말하고 싶었지만, 왠지 분위기가 무거워지는 것 같아서 그저 빙그레 웃으며 말했다.

"그건 아주 오래 전부터 신에 의해 정해져 있는 일이니깐!"

프라빈은 내 어깨를 툭 치며 '인도인처럼 말하는군!' 하는 표정으로 한동안 웃었다.

자원봉사 캠프에서 숙소로 돌아오는 길, 프라빈의 질문이 머릿속을 떠나지 않았다. 도대체 왜 내가 인도를 좋아하게 된 걸까? 더럽기 짝이 없고, 황당하고, 어처구니없는 인도를 말이다. '지금 런던으로 가고 있어요' 라며 나를 엉뚱한 곳에 떨어뜨리는 이해 못할 릭샤왈라며, 어딜 가나 존재하는 사기꾼들이며, 신전이라며 사람들은 신발을 벗고 들어가는 대신 개들은 아무렇게나 뿌직뿌직 그곳에 똥오줌을 갈겨 대는 엉망진창인 나라. 기대했던 전생 체험이나 손에서 나비가 나오는 수도승 역시 인도에는 존재하지 않는데 말이다.

딱히 정확한 이유를 말할 수는 없지만 나는 인도가 좋다. 왁자지껄하고 온갖 짐승들이 가득한 거리를 걸으면 마치 어렸을 적 어머니가 읽어주던 동화책의 이야기 속으로 들어간 거 같은 느낌이 들었다. 앞뒤 안 맞고 제멋대로이지만 어디로 튈지 모르는 좌충우돌 상황 속에서 내가 살아 있음을 느끼는 게 좋았다.

충분한 돈과 여유를 지니고 출발한 세 번째 인도 여행임에도 불구하고, 여전히 난 인도에서 왼손으로 뒤를 닦고, 오른손으로 주섬주섬 음식을 주워 먹고 있다. 똥오줌 못 가리는 아이들과 뒤섞여 놀다 이에 옮아 여행 내내 몸을 박박 긁어대며, 3등석 기차에 구겨 앉아 온갖 인도인의 카레 향을 맡으며 수 시간을 여행한다. 그런 나의 모습을 보며, 이해 못할 건 오히려 인도가 아닌 바로 내 자신이 아닌가 하는 생각이 들었다.

결국 세 번째 인도여행을 하는 동안 나는 내가 왜 인도를 좋아하는지에 대한 답을 찾지 않기로 결심했다. 인도는 그저 내 인생에 있어 언제나 그리움으로 가득한 회귀의 장소가 될 것이다. 그것이 무엇을, 왜 그리워하냐는 중요하지 않다. 그런 존재, 그러한 공간이 있다는 것 자체만으로 우리의 인생은 충분한 의미가 있는 것이 아닐까? 흔히 보는 '두 번째 떠나는 인도 여행자' 모두의 마음속에도 이곳 인도는 나와 같은 존재일 것이다.

무굴 제국의 황제 샤 자한이 죽어버린 아내를 그리워해 20년에 걸쳐 지었다는 타지마할. 여행 두 달째 그 앞의 작은 여관에서 눈을 떴을 때 새삼 이곳이 한국이 아니고 우리 집이 아님이 어색했다. 갑자기 가족들과 친구들의 얼굴이 떠오르면서 집이 그리워졌다. 눈물도 찔끔 나는 것이 집에 돌아갈 때가 된 모양이다. 한국에 돌아가서도 아마 똑같은 마음으로 인도를 오랫동안 그리워하게 될 것이다. 매번 그래왔으니깐.

나도 누군가에게, 어느 날 내가 옆에 없음이 어색하고, 영혼 깊이 그리움으로 가득한 그런 존재가 되고 싶다. 누군가에게 그런 존재가 된다는 것만큼이나 행복한 일이 어디 있겠는가.

그렇게 애틋한 그리움을 안고 나는 느릿느릿한 '인도를 떠나는 마지막 기차'에 오른다. 마법의 기차의 경적이 인도의 하늘에 울려 퍼지고, 새들은 나의 젊음의 축제를 축복하듯 노래를 부르며 하늘 위로 날아갔다. 나는 아쉬움과 추억을 이곳에 남겨둔 채 그리움의 곁으로 돌아간다. 누가 뭐래도 내 인생의 가장 행복한 시절이다.

−2007년 8월 30일 아그라에서 델리로 떠나는 기차 안

쾌락은 우리를 자기 자신으로부터 떼어놓지만,
여행은 스스로에게 자신을 다시 끌고 가는 하나의 고행이다.
— 카뮈

여행이란 우리가 사는 장소를 바꾸어주는 것이 아니라
우리의 생각과 편견을 바꾸어주는 것이다.

SHIGEO
LEO
GERND
JOY

Hello India

초판 1쇄 2007년 12월 20일
초판 4쇄 2010년 9월 29일

지은이 강래우

발행인 김태진
편집인 승영란
기획 박재걸
교정 · 교열 김해영
디자인 design All(02-776-9862)
마케팅 함송이
인쇄 애드샵
펴낸 곳 에디터
주소 서울시 마포구 공덕동 105-219 정화빌딩 3층
문의 02-753-2700, 2778
팩스 02-753-2779
등록 1991년 6월 18일 제 1-1220호

값 12,000원
ⓒ강래우. 2007
ISBN 978-89-92037-24-2 03810

인생에 있어 첫사랑 같은 진한 기억은 하나여도
충분할 텐데 바람둥이처럼 나에게는
그런 기억의 존재가 또 하나 있다.
그것은 바로 인도다. 아니 오히려 정도가
심해 생각하고 있으면 생활의 흐름이 멈추고,
가슴이 너무 뜨거워져 때론 불편을 느낄 정도다.
비가 오는 날에는 창문가에 앉아
인도의 거리를 생각하며
울고, 웃기를 수없이 반복한다.
장난감을 두고 와서 안절부절못하는
철없는 애처럼 몇 번이고 한국에
쌓여 있는 일거리를 팽개치고 짐을 싸고픈
충동을 느낀다.

Travel Library 01

파리 홀릭 티파사의 파리 러브레터
티파사 지음 | 값 12,000원

**Travel
Library
series**
여행병에 빠진 트래블 홀릭들이 여행지에서
보고 느낀 것들을 사진과 글로 풀어내는
새로운 감각의 여행 에세이 시리즈

『Hello, India』는 온실 속에서 곱게 자란 저자가 인도에서 제대로 세상과 만나는
리얼 버라이어티이다. 각본 없는 지독한 경험들을 통해 진정한 사랑과 행복에
눈떠 가는 모습이 감각적인 사진과 솔직한 글로 잔잔한 감동을 준다.
MBC 무한도전 김태호 PD

인도를 바라볼 때면 난 늘 모닥불 가에서 불을 쬐듯 면발치에서 바라보아야했다.
너무 뜨거운 열기로 멀게만 느껴졌던 그곳. 하지만 그 뜨거운 불속으로
뛰어들어 그 땅을 보듬으며 써내려간 저자의 책을 첫 장부터 마지막 한 줄까지
읽어 내려가는 동안, 그리고 그의 뷰파인더에 잡힌 사람들의 눈빛을 보며
내 가슴속에도 어느새 인도라는 불덩이가 뜨겁게 자리 잡은 것을 느꼈다.
인도를 끌어안은 이 자유로운 영혼의 고백을 가이드 삼아,
언젠가 나도 그 땅의 온기를 직접 느껴 보고 싶다.
『두 번째 파리』 저자, 티파사

값 12,000원

03810

ISBN 978-89-92037-24-2
9 788992 037242